おかしな転生

オランジェットは騒乱の香り

おかしな転生

XXVI

オランジェットは騒乱の香り

古流 望
NOZOMU KORYU

TOブックス

ERS

モルテールン家

ペイストリー
末っ子。領主代行。寄宿士官学校の教導員を兼任中。最高のお菓子作りを夢見る。

アニエス
ペイスの母。子供たちを溺愛する子煩悩な性格。

カセロール
ペイスの父にして領主。息子のしでかす騒動に悪戦苦闘の毎日。

リコリス
フバーレク辺境伯家の四女。ペイスと結婚。ペトラとは双子。引っ込み思案な性格。

モルテールン領の人々

シイツ
モルテールン領の私兵団長にして、従士長。

ラミト
外務を担う従士。期待の若手。

デココ
元行商人。モルテールン家お抱えのナータ商会を運営している。

寄宿士官学校

シン
寄宿士官学校の訓練生。頭が切れる。

CHARA

レーテシュ伯爵家

セルジャン
オーリヨン伯爵家の次男。レーテシュ伯と結婚した。

レーテシュ
王国屈指の大領地を治める女傑。三つ子の娘たちを出産した。

ヴォルトゥザラ王国

オアシスの交易拠点として栄え、マフムード家が周囲の各部族を制圧して勢力を広げてできた国。

ソラミ共和国

アモロウス
国随一の魔法使い。女に目がない。神王国に留学中。

ボンビーノ子爵家

ウランタ
ペイスと同い年ながらボンビーノ家の当主。ジョゼフィーネに首ったけ。

ジョゼフィーネ
モルテールン家の五女。ウランタの新妻。現在妊娠中。

ニルダ
元傭兵にして現ボンビーノ家従士。通称、海蛇のニルダ。

カドレチェク公爵家

スクヮーレ
カドレチェク公爵家嫡孫。垂れ目がちでおっとりとした青年。ペトラと結婚した。

フバーレク辺境伯家

ルーカス
地方の雄として君臨するフバーレク家の当主。リコリス・ペトラの兄。

ペトラ
フバーレク家の三女でリコリスの双子の姉。スクヮーレと結婚した。明るくて社交的な美人。

王家

カリソン
第十三代神王国国王。カセロールを男爵位へと陞爵させた。

ルニキス
神王国の第一王子。

ルミニート
通称「ルミ」。寄宿士官学校の訓練生。幼馴染のマルクと結婚。

マルカルロ
通称「マルク」。ペイスとは幼馴染。寄宿士官学校の訓練生。遂にルミと夫婦に。

CONTENTS

TREAT OF REINCARNATION

イラスト:珠梨やすゆき YASUYUKI SYURI
デザイン:ヴェイア Veia

第三十七章

オランジェットは騒乱の香り

帰還報告

黒下月《くろしもつき》の終わり。

今年も一年が過ぎようとしている年の瀬の最中。

モルテールン家の王都別邸では、モルテールン領領主カセロールが息子ペイストリーを待ち構えていた。報告を聞く為に。

先般、息子のたっての願いもあり、王宮に根回しに動いて海外渡航の許可をもぎ取ったのも記憶に新しいところ。

まだ年若い息子を海外に送り出すということは、この世界ではかなり異常なことである。

そもそも海外に行く人間すらまれであり、多くの人間にとって外国というものは未知の世界だ。

現代で言うなら宇宙に行くにも等しい、「行ったことがある人も居るらしい」という感覚の場所である。

自分たちの権力も一切通じない、情報が殆《ほとん》どない場所に息子を送ることに、いくら豪胆で知られるカセロールといえども不安を感じずにはいられなかった。

故に、戻ってきた息子を直々に迎え入れるのだ。

「父様、ただいま戻りました」

「うむ、よく無事で戻ってきたな」

少々海で日に焼けた様子の息子。

いくら規格外の愛息子といえど、いやだからこそ、不測の事態は大いにあり得る。

世の中には人間の力ではどうしようもないことも存在するのだから、可愛い我が子が無事に戻ってきたのは喜ばしい。

報告に来た息子に、笑顔を向ける父カセロール。ゆっくりと息子の頭に手を伸ばし、髪の毛をくしゃくしゃにするように撫《な》でる。

「それで、陛下《へいか》に報告する前に、お前からの話を聞いておこうと思う」

「はい」

わざわざ許可を特別に取ってまで行っていた海外。

その成果を確認するのは、父親としても領主としても、或いは王宮貴族の一員としても必須。

防諜《ぼうちょう》機能をこれでもかと取り込んだ執務室で、カセロールとペイスの親子は向かい合わせに座る。

「まず、外交的成果について」

「うむ」

「これに関しては大成功だったと思っています」

「ほほう」

外交の為に、海外に出向く。

その為の許可をわざわざ取って、海の外に旅立ったのだ。

成果として報告できるものがあるのは、許可を取った甲斐《かい》もあるというもの。宮廷貴族の一人としては、まず一安心といったところだ。

信じていたとしても、やはり実際に息子の口から成功だったと聞くと実感がわく。相好《そうごう》を崩すカセロールに対して、ペイスはにこりと笑みを浮かべる。

「詳しく聞こうか」

「はい」

父の言葉に、軽く頷くペイス。

「まず、森人《もりびと》との関係構築について。友好的な関係を結ぶことに成功しました」

「うむ、それは良い。外務閥《がいむばつ》も喜ぶことだろう」

「はい」

領地経営における外交関係とは、現代的な関係でいえば会社の営業活動に近しい。

自分の領地の産品をより有利な条件で売りつける交渉を行うものであったり、或いは他所の領地の産物をできるだけ良い条件で手に入れようとしたり。

はたまた、敵に対抗するのに味方になってもらうようお願いしたりもするし、同じ利益の為に手を結んだりもする。

これら全ての基礎にあるのは、友好関係と信頼関係。どこまでも属人的な、人付き合い。

外交の全ての基本が人間関係に根差すのは、この世界の常識である。

最終的な決定権を持っているのが領主や家長一人に集約されていることが当たり前であり、個人の好き嫌いが大いに意思決定に関係するからだ。

恨みすらある大嫌いな人間と、とても仲のいい友人や親戚と、両方から同じ頼みごとをされてどちらかを選ばねばならない時。

大嫌いなほうをわざわざ優先しようと考える人間は居まい。普通は、仲のいい人間のほうを選ぶ。条件が余程極端に偏っていない限り、嫌いな人間を優先することはあり得ない。

つまり、外交関係の初手は、友好関係の構築となる。まずは話し合いのできる程度の関係性と信頼を築いてから、交渉を行うものだ。

外務系貴族などはこの点を秘伝として代々教育してきたほど、基本中の基本である。

初手で敵対的になってしまえば、そこから友好的な関係を構築するのは極めて難しい。大事なのは最初。初対面の印象が大事だ。

「実にいい人たちばかりでしたね」

「そうか。外国についてはあまりよく分からないが、仲良くなれたのなら当家にも利益はあろう」

「ええ」

ペイスから見て、森人と呼ばれていた人々は、善良に見えた。

悪く言うなら単純で頑固。良く言うのなら素直で意志の強い人々である。

極《ごく》一部にはそもそも神王国人を見下《みくだ》す蔑視の感情があったようではあるが、指導者層の、とりわけトップとは間違いなく友好的な関係を築けたと自負《じふ》するところ。

初手としては、外交的に見ても大成功だ。

「更に、交易について」

「うむ」

「これも、当家の窓口を作ることに成功しました」

ほう、と思わずカセロールが声を漏《も》らす。

特に親しくもなく、初対面の相手に対して友好的に接触できただけでも御《おん》の字《じ》。その上で、交易についても話を纏《まと》めてきたということに、驚いたからだ。

自分の息子の優秀さに、改めて感心するカセロール。

「喜ばしい結果だな」

「はい」

今後森人と神王国人が交流を持ち、交易を行うとするのなら、モルテールンが窓口になることは確定した。

先に述べたとおり、外交関係は初手が一番重要だ。人間関係で第一印象が悪いと以後ずっと引きずるように、外交において初見で失敗すると取り返しがつかない。

故に、新しく森人といい関係を築いて交渉事を行いたいと考える人間は、既に友好的な関係性を持っている人間に、口利きを頼む。つまり、ペイスだ。

外務閥が一派を築いている所以《ゆえん》でもあるが、既に仲のいい人間から紹介されるというのは、何もないところから関係性を作るより何倍も楽だ。

今回、ペイスはわざわざ現地まで足を運んで関係性を作った。これは、レーテシュ家でもできていなかった交渉の窓口をこじ開けたことにほかならない。

交易権の確保までしているのだから、以後神王国人が森人からものを売り買いするなら、モルテールン家を通すのがベストということになる。

これは、これから領地経営を盛り立てていきたいと考えるなら最良の成果だ。

何せ、南国の珍しい産物を独占で取り扱えるし、神王国の産品を独占して売りつけられる。

折角無理矢理こじ開けた外交のパイプだ。大事にしたいものである。

「交渉は〝少々〟難航したのですが、結果として継続しての交易権を得られたことは、大きな成果だと思っています」

「そうか。……その少々の部分が気になるな」

「大したことではありません」

「ほう」

ペイスは、自分が経験してきたことを、できるだけ詳細に父親に伝える。

「まず、最初に出向いた時。実はかなり相手方も排他的でした」

「……ふむ?」

「向こうの感覚では我々は未開の蛮族《ばんぞく》になるようで、かなり差別的な態度をとるものもおりました」

「あり得ることだな。どこにでもそういう人間は居る」

差別は良くないのでやめましょう、などという価値観は、この世界には存在しない。

王様や貴族が居て、奴隷《どれい》も普通に存在するのだ。しかも、魔法という存在もある。

優れたものと劣ったものが居るという価値観は非常に根深いし、自分たちは優れているものであると考えるのも人として自然なこと。

神王国人の中でも、仮に森人が居たら「遠くの島の蛮族」と見下す人間は居るはず。

森人たちが神王国人を下等だと見下していたとしても、お互い様だろう。

「しかし、族長はそれなりに差別意識も低い、話の分かる御仁《ごじん》でした」

「それは良いニュースだな」

「父様の勇名も知っていたらしく、モルテールン家であれば話ぐらいはいつでも聞く、という態度で」

「うむ？　私の勇名？」

思わぬ言葉に、聞き返す父。

「はい。レーテシュ家に乞われ、海賊相手に暴れたことなどは、南でも影響があったらしいです。僕が生まれる前の話ですよね？」

「そうだな。もうずいぶん昔の話だ」

もう十五年以上前のこと。

まだカセロールも若かったころに、レーテシュ伯に乞われて海賊討伐に参加したことがあった。

恐らく聖国あたりの陰謀だったのだろうと推測されているが、普通の海賊にしてはやけに組織立っていて、被害も馬鹿にならないものになっていたのだ。

当時はレーテシュ伯もまだ若く、しかも女性。海賊討伐に当たって兵士たちにも割と舐《な》められていた。レーテシュ家の弱みを突いた策謀だったといわれる所以である。

彼《か》の家としても、舐められっぱなしでいる訳にもいかないし、ことを早急に治める必要があった。

しかし、家中を掌握《しょうあく》しきれていない女伯爵では軍事行動は難しい。

そこでカセロールが傭兵として雇われ、海賊討伐を行ったのだ。

カセロールの【瞬間移動】やシイツの【遠見《とおみ》】といった魔法は、だだっ広い上に目印もない海の上ではとても有効である。

当時のモルテールン騎士爵《きししゃく》は、たった一人で敵の船に乗り込んだ。そして制圧してしまった。一人で一軍に匹敵するといわれるのは伊達ではないのだ。

海の上での武勇伝は、現モルテールン子爵《ししゃく》の逸話としては有名なものである。

ことが南の海を荒らしていた連中の討伐だ。神王国より遥か南方に住まう森人にも影響があったらしく、ペイスよりも父親の威光のほうが強かったと、ペイスが語る。

カセロールとしては、一人で突っ込んで行ってやらかした黒歴史なのだが、若気の至りと気まずそうに頭の後ろを掻《か》いた。

「友好的に関係性を結べたのは父様のおかげです。しかし、交易となると向こうも大分渋りまして。特に恒常的な交易は、断固として拒否する姿勢を見せるものがいました」

「ほう」

仮に森人たちが交易に積極的なら、もう既に今までに交易を営んでいるだろう。

自給自足で事足りる生活をしていて、交易を不要と考えているからこそ、ペイスが出張る羽目になった。

カセロールの考えとしても、交易が断られるであろうことは事前に織り込んでいる。

「そこで、交換条件を出しました。条件を満たしたなら、交易を許可するようにと」

「ん？」

息子が、またもや何か変なことを言いだしたと、カセロールは傾聴《けいちょう》する姿勢を正す。

「実は、森人の間で〝幻のフルーツ〟について伝承がありまして」

「ふむ」

「我々がそのフルーツを手に入れられればという条件で交渉し、無事にフルーツを見つけることができまして」

「……交渉過程が意味不明だな」

何をどう交渉して、フルーツを取ってきたら交易権を認めるという話になるのか。

カセロールの理解が、追いつかなくなってきた。

「ちょっと不思議な話を聞いたので、ちょっとだけ足を延ばしてみたら、少しばかり大きな亀が居て、美味しいフルーツを手に入れることができたんです。めでたしめでたし」

「……さっぱり分からん。それのどこが少々なのだ」

結局、ペイスの説明は肝心な部分を端折《はしょ》りすぎていると、説明をし直す羽目になる。

最後まで詳細に説明し、カセロールが内容を十全に理解するころには、夜遅くになっていた。

「全く。陛下に報告する私の身にもなってくれ」

「頼れる父を持って、僕は幸せ者だと思います」

ペイスのあからさまな煽《おだ》て口上であったが、カセロールは満更でもなさそうに息子の髪をぐしゃぐしゃと掻きまわした。

賭け事

モルテールン領ザースデン。

領主館の執務室で、領主代行の青年は上機嫌に仕事をしていた。

海外から戻ってきて忙しいのだろうが、その割に楽しそうである。

「ちゅうちゅうたこかいな、ちゅうちゅうたこかいな」

机の上にバラッと適当に積み上げられた金貨の山から、人差し指と中指を使って二枚ずつを手元に引き寄せていく。

二枚ずつをリズムに合わせて五回集めれば、全部で十枚。

十の枚数ごとに縦に積み上げ、机の上の脇のほうに整理して並べていく。

金貨十枚の小さな塔が、二十出来上がったところで、小さめの巾着袋にざらりと入れれば一区切り。二百枚入りの金貨袋が完成だ。既にいくつか、金貨の袋が出来上がっている。

「また坊《ぼん》が変な数え方してらあ」

「失礼な。由緒正しき数え歌ですよ」

「へいへい」

ちゅうちゅうちゅうちゅうちゅうちゅうと、ネズミの物真似でもしてるんじゃないかとシイツ従士長は肩を竦《すく》めた。

「やはり、交易は儲かりますね」

小山だった金貨が綺麗《きれい》さっぱりと、机の上から袋詰めに移動し終えたところで、端数はペイスがネコババもとい領主代行権限で使える臨時機密費《おこづかい》に繰り入れる。端数といっても金貨であるから、中々に大きな金額である。ボンカが樽でいくつか買える程度には。

大金を前に、満足げなペイス。

大龍オークション以降お金に困ることはなくなったモルテールン家ではあるが、臨時ではなく今後も継続的に収入が見込めそうだとなれば話は別。

オークションの収益は膨大だったとはいえ、どこまでいっても一時金である。一時金は、使ってしまえば減っていくし、いずれはなくなる。

対して貿易による収益は、上手くすれば長期的に稼げるお金だ。

交易によって今後も同じぐらい定期的に稼げるとなれば、目の前の金貨の山にも重みが出てくるというもの。

「向こうから持ち帰ったもんも高く売れましたしね」

「ええ。売るほうでも買うほうでも。ちゃんとした航路ができたならとても心強い」

継続した交易。これには、継続した船の行き来が必要だ。

ペイスあたりが魔法で移動させても良いのだが、その場合はペイスも貿易専従につきっきりであたることになる。

ペイスを領地に縛りつけると意味では良《い》いだろうが、他の目的であれば悪手《あくしゅ》になりかねない。

「一番儲けが出たのは何ですかい？　参考までに教えてくだせえ」

「布ですね。とても珍しい生地で、模様も異国情緒たっぷりでしたから、ホーウェン商会の担当者が随分と高値で買ってくれました」

「なるほど」

ホーウェン商会といえば、王都でも指折りの大商会。

ここ最近、モルテールン領のほうにも支店を作っており、モルテールン家としてもこと宝飾品に関してはここが御用商人である。

宝石の取り扱いには特に強みがあり、王都で出回る宝飾品のシェアでは百%に近しい独占的な取り扱いをしている商会だ。

扱う商品が衣装全般ということもあり、とても珍しい海外製の布は仕入れ値のン十倍で売れた。

貿易というのは、当たると実に美味しい。

「ところで、王都はどうでした？」

そういえば、とシイツが思い出したように尋ねる。

「父様も母様も、元気そうでした。あと、御爺様《おじいさま》をたまには王都に連れてこいとも言われましたね」

海外渡航の報告もあり、王都に顔を出していた訳だが、久しぶりに会った親子の間で報告事項だけで済むわけもない。

話す内容は色々と多岐にわたった訳だが、その中でペイスの祖父についても話題になった。

「田舎で隠居してるってので良いでしょうが」

「モルテールン領が、田舎とばかりは言っていられなくなったということでしょう」

ペイスの祖父というのは二人いる訳だが、シイツとの会話で出てくる人物は母方の祖父。

元男爵《だんしゃく》家当主で、現在はモルテールン領で〝病気療養中〟となっているクライエス＝ミル＝デトモルトのことだ。

足腰も大分弱っているし、いつお迎えが来ても不思議はない年なのだが、だからこそ王都での社交の場に顔を見せる意味は大きい。

モルテールン子爵カセロールが、妻の実家であるデトモルト家と仲が良いとアピールする機会になるからだ。

かつては駆け落ち紛《まが》いに結婚したことで絶縁されていた関係ではあるが、近年ではモルテールン家の隆盛などもあって関係は修復されている。カセロールとしても、自分の若気の至りで起きた因縁をいつまでも引きずるのを良しとしていなかった訳で、今では普通の親戚づきあいをしている。

しかし、他所の人間にはそこら辺は分かり辛い。

モルテールン家の武勇伝は、悪評も含め盛んに流布《るふ》されていること。かつて絶交していたことを、今でもイメージとして持たれていることも多い。

できるなら、デトモルト元男爵がカセロールやアニエスと共に仲良く談笑でもしているところを見せつけておきたいものだ。

また、足腰が弱って無闇《むやみ》に出歩けないからという理由であれば、他家の人間をモルテールン家が呼び出せる。デトモルト家は伝統貴族なので、モルテールン家とは普段絡まない貴族を招待できるのだ。新興の領地貴族としては政敵であっても、中央の軍家宮廷貴族としての立場では味方にすべき人物というのも居る。

カセロールとしても、そろそろその辺の関係改善と足場固めをしておきたいと思っていた。クライエスは、絶好の〝外交カード〟になり得る。

老い先短い老人が、最後にもう一度だけ世話になった人に顔を見て挨拶《あいさつ》がしたいと言っている、末期《まつご》の頼みだ、などと言われて、言われた相手は断れるだろうか。断れば、薄情だと言われかねないのに。

きっとカセロールとは因縁もあるが、世話になったデトモルト元男爵の最後の頼みならと、モルテールン家に足を運んでくれるだろう。

モルテールン家にとってはクライエスがまだ歩けるうちに、王都に来ることに大きな意義を見出していると、カセロールは言っていた。

カセロールはカセロールで、中央で色々と貴族の粘っこい関係性を学んでいるらしい。

「爺さんまでこき使おうってのは、大将も人使いが荒い」

従士長が、けらけらと笑う。

シイツの意見には、ペイスも大いに頷《うなず》くところだ。

「全くです。父様の人使いの荒さは、モルテールン家が小ぶりだった時からの悪癖ですね」

「それには同感だが、坊が言っちゃ御仕舞《おしま》いでさぁ」

人使いの荒さに関して言えば、カセロールに負けず劣らず、ペイスも中々荒い。どっちが荒いかといえば、甲乙つけがたい。あえて言うなら、カセロールの荒さは肉体的な疲労があり、ペイスの荒さは精神的な疲労がある。

どっちも御免こうむりたいもんだと、シイツ従士長は肩を竦めた。

「そういや、プローホルの話。聞きやしたか?」

「プローホルの話?」

「あいつ賭けで大金せしめたもんで、家を買ったらしいですぜ」

「当家の従士が、自分で家を? それは珍しい」

プローホルといえば、ペイスの海外渡航に同行した若手従士である。

寄宿士官学校を首席で卒業している俊英《しゅんえい》であり、将来の幹部候補としてペイスやシイツも可愛がっていた。

その青年は、船の中で船員たち相手に賭けをしている。

内容としては「ペイスがお宝を見つけるかどうか」だ。

金銀宝石よりも価値のあるお宝を見つけるという大穴に賭けたプローホルは、見事に一人勝ち。

ごっそり大金をせしめている。

その金で、なんと家を購入したというのだ。

モルテールン家では独身従士でも既婚従士でも、住居は福利厚生で貸し出してもらえるため、自分の家を持つというのは珍しい。

住宅補助の福利厚生がなかった時代から仕えるコアントローやグラサージュぐらいしか持ち家というのはなかったはずと、ペイスは続きを促す。

「借家より自分で弄《いじ》れるほうが良いってんで、設計からやらしてるらしいです」

「良いんじゃないですかね？」

福利厚生で住居費がタダだからといって、必ず用意された家に住まねばならない決まりがある訳ではない。

稼いだ金で自分の家を買ったところで、問題はないだろう。

ペイスはそう結論づける。

「でもって、それがどうやら、女の影がちらつくってんで、噂《うわさ》になってます」

「女の影？」

「そりゃ、独身の男が、寮代わりに部屋を貸してもらえるにもかかわらず、自分の家を買おうってんですぜ？　嫁さんが横から口出したんじゃねえかってぇ、噂になるのも当たり前でしょうが」

シイツが、面白そうに笑う。

自分の部下が、いよいよ人生の墓場に入るとなれば、野次馬根性が疼《うず》く。

既婚者仲間が増えるというのなら、それはそれで大歓迎だと楽しそうである。

「なるほど。男の大きな決断の裏には、女性がいるのではないかという、お決まりの風聞《ふうぶん》ですか」

「風聞かどうかは、本人に聞かねえと。それで、こんどはプローホルがいつ結婚するかで賭けが始まってましして」

ペイスの眉がぴくりと動く。

「胴元《どうもと》は？」

「俺です」

自慢げなドヤ顔で、シイツが自分の胸に手をやる。

「……シイツ、従士長ともあろう立場で、軽々しくそんな」

「坊が言っても説得力ねえでしょうが」

「まあ」

ペイスとしては、モルテールン家の従士長にして、モルテールン領の重鎮《じゅうちん》たるシイツが、よりにもよってギャンブルを煽《あお》るような行動をすることに苦言の一つも言いたくなる。

しかし、ペイスもまた賭けの胴元はしょっちゅうやっているので、止めろということもできない。

プローホルの結婚がいつになるのか。

賭けの対象としては、実に賭け甲斐のある内容ではないか。酒の肴《さかな》にもなりそうで、悪い大人たちのおもちゃとしては相応《ふさわ》しい。

「で、坊はいつに賭けますかい？」

「僕も参加して良いんですか？」

「そりゃ勿論。一年以降二年以内ってのが一番人気で、二番人気は四年以降五年以内でさぁ」

シイツが、何処からともなくメモを取り出す。羊皮紙に、誰がどこに賭けたかを記録しているのだ。

「では、僕は二番人気に賭けておきましょう」

「お、何口？」

「キリよく二十四口でどうです？」

「よし。それじゃあ記録しときますんで」

従士長という責任ある立場で博打の胴元を堂々とする。

モルテールン家の緩《ゆる》さを、これでもかと体現しているような話だ。ペイスが金貨一枚をシイツに渡す。一クラウンは二十四シロットであり、キリが良い。ちゃっかり、先ほど小袋に入れていた中からチョロまかしていたのはご愛敬《あいきょう》だ。

「結婚といえば……ハースキヴィ家から、コローナについて連絡が来てましたぜ」

「コロちゃん？　内容は？」

「しばらく様子を見るし本人の意思を優先するのは理解するが、やはりいい人が居れば紹介してやってくれないかと」

ハースキヴィ家に連なるコローナは、現在魔の森のチョコレート村で代官をしている。

モルテールン家にとっても重役の一人となっていて、責任ある立場に就いている優秀な部下だ。

「彼女は独身で仕事を続けたいという話でしたよね？」

「ええ。覚悟が決まったと言ってました。でなきゃ代官なんぞにせんでしょう」

「能力と意志が揃ってこその重職ですからね」

封建的で男尊女卑の思想が根深く常識となっている神王国では、やはり独身の若い女性が結婚もせずに働いているというのは気になるらしい。

本人の意思を尊重することに同意したものの、ハースキヴィ家当主としては、機会があればコローナを結婚させたいようだ。

「コロちゃん代官は、現状で変えることは毛頭考えていません。村の経営の黒字化も、ロードマップができてますから」

ペイスは、ハースキヴィ家からの要請を却下することに決めた。

何せ、今はチョコレート村が独り立ちできるかどうかの瀬戸際なのだから。大事な代官を、私事で煩《わずら》わせることは避けたい。

「……蒸留酒でしょう。俺ぁ、今から楽しみでさあ。隠居して、旨《うま》い酒を楽しむ毎日ってのも」

「お酒を楽しむだけなら、今でもできるでしょう」

「働いてる奴らを見ながら、昼間っから飲むってのが良いんじゃねえですか」

うけけと楽しげに笑う従士長。

元より無頼《ぶらい》な生き方をしてきたシイツとしては、今の仕事を辞めたなら、昼間から酒浸りの生活をしてやると決めている。

「性格悪いですよ、シイツ」

「そりゃ、坊を見習ってますんで」

性格の悪さを言うのなら、上司のほうが格上だとシイツは言う。

「僕を見習うなら、真面目に仕事をしそうですが」

「どの口が言うんだか」

「この口ですよ」

「俺にはひん曲がって見えますさぁ」

お互いに遠慮のない言い合い。

今回は、ペイスが引くことにしたらしい。

「では、真面目に仕事をしているところを見せますか」

「ん？　何をやるつもりで？」

「蒸留酒の確認をしてきます。コロちゃんに任せてあるので大丈夫だとは思いますが、しばらく海に居ましたからね。ここらで確認しておこうと思います」

書類仕事だけでも飽きますしと、ペイスは椅子から飛び降りて背伸びをする。

ぐぐぐと手を上に伸ばしながら、背中を反らせる。

「お、それじゃあ、俺も御供《おとも》しやす」

「シイツはここで仕事ですよ。当たり前でしょう」

「そんな、殺生《せっしょう》な」

「シイツが酒の視察をすると、保存する前に飲んでしまいますからね。美味しい蒸留酒が熟成されるまで、目ぼしい幹部は接近禁止にします」

蒸留酒の仕事に飲兵衛《のんべえ》を関わらせると、天使の分け前が増える。

これは、モロコシ酒作りで嫌というほど分かったことだ。

故に、ペイスはチョコレート村の蒸留酒づくりについては、呑み助どもを近づかせないと決めている。

「横暴でさあ」

「職権乱用を防ぐ、事前防災ですよ。では行ってきます」

ペイスは、早速とばかりにチョコレート村に【瞬間移動】した。

コロちゃんの報告

モルテールン領チョコレート村。

名前のセンスが壊滅的《かいめつてき》に悪いことを除けば、ごく普通の開拓村である。

このごく普通というのは、モルテールン領では、という枕詞がつく。

つまり、他所《よそ》であれば非常識が至る所にあるという意味だ。

しっかりとした城壁と堀に守られ、巨大な魔物がしょっちゅう周りをうろつき、下手に外へ出れば美味しく食べられてしまい、三階建ての建物よりも遥か上を道路が通っていることを除けば、実に普通の街である。

「コロちゃん、調子はどうですか？」

壁内エリアの水路の再整備について陣頭指揮を執《と》っていたコローナの元に、彼女の上司がやってきた。

堅物と名高い女性代官は、作業の手をとめて敬礼をする。

ぴしりと背筋が伸びている辺り、軍人としての訓練が体に染みついている様子だ。

「ペイストリー様。わざわざご足労頂き恐縮であります。村のことは万事抜かりなく進めております」

敬礼をしたまま、直立不動で報告するコローナ。

声も大きくはきはきしていて、百メートルは声が届きそうである。

礼をされれば礼を返すのがマナーなので、ペイスも答礼をした。

こちらは軽い感じがしていて、軍人というよりは上司然としている。

「相変わらず態度が堅いですね。それはそれでコローナの良い所ですが、もう少し砕けた態度でも良いですよ？」

「はっ、恐縮です」

肩の力を抜いてフランクにしろと言って、すぐにそうできるようならこんなに堅物とは言われない。

返事は肯定的であっても、態度が改まっているとは思えないのだが、それはもうコローナの個性であろう。

「別件で来ましたし、ある程度の詳細は別途の報告で正式に聞くとして……、まずは防衛状況を聞きましょうか」

一応、チョコレート村の開拓はペイスの管轄。

領主直轄事業ではない。ペイス直轄事業だ。

下手に領主の事業としてしまうと、酒が大好きなカセロールやシイツの介入を許してしまうという危惧からそうなっている。

故に、直属の上司として報連相は怠れない。

代官もまだまだ新米代官であるし、全てを丸投げしておくのは流石《さすが》に無責任というものだろう。

取り急ぎ、ペイスは防衛状況から報告を求める。

魔の森の開拓ということで、チョコレート村の防壁の外は魔の森そのもの。何があるか未だに全容が解明されていない魔境であることから、不測の事態はいくらでも考えられる。

何も問題がないかと聞くのも野暮《やぼ》だが、最初に確かめておくべきことでもあろう。

「はい、特に問題は報告されておりません。むしろ、防衛に関しては襲撃頻度が下がっているとの報告を受けております」

「流石は国軍の精鋭部隊といったところですか」

「同感です。しかし付け加えるなら、当家の部隊も奮闘してます。彼らのこともお忘れなきよう」

現在、チョコレート村には国軍の第三大隊が駐屯し、魔物や獣の掃討の任務に就いている。

また、第三大隊には魔の森の情報をできるだけ詳細に持ち帰ることも任務に含まれていて、頻繁に壁の外に出ている。

頼もしいというなら実に頼もしいが、勿論魔の森が〝ただの〟大隊だけで活動できるようなら、今までにもとっくに開発されていたはず。

モルテールン家だけが魔の森の開拓を、曲がりなりにも進めていられる理由は、偏《ひとえ》に〝特別な〟大隊があるからだ。

「勿論です。我々の虎の子部隊を預けていますから、活躍してもらわねば。結構な金額を投資している訳ですし」

「はい」

特別な隊とは、魔法部隊のことである。

モルテールン家秘匿《ひとく》技術である、魔法の飴《あめ》を使って戦う部隊。

使える魔法のレパートリーは、【発火】や【掘削】などの汎用性の高い魔法だ。

ちなみに、一応【瞬間移動】の魔法も使えるものが居るのだが、これは形が持ち運びに不便な綿あめなので、あまり頻繁には使えない。

また、【転写】の魔法は部隊の誰も使えない。それが使えてしまうと、モルテールン家の与《あずか》り知らない、管理していない部分での魔法使用が起きてしまうからだ。

魔法部隊の魔法は、あくまでもモルテールン家の管理下にあり、指揮する部隊長の統制下になければならない。

砂糖の貴重な世界では、魔法一回使うにも銀貨が何枚も飛んでいくほど金食い虫な部隊でもある。運用にも整備にも訓練にもお金がかかっているのだから、ここで成果を出してもらわねば報われないというもの。

「彼らがモルテールンの最精鋭部隊と呼ばれる日も近いでしょう。そうなれば、コローナがモルテールン家中で最大戦力を指揮することになるかもしれませんね」

お互いに信頼感があるからだろう。

ペイスが、冗談めかしてコローナを揶揄《からか》う。

モルテールン家の最大戦力を預かり、更には食料や武器の製造拠点の代官だというなら、その気になればクーデターもできるね、という揶揄いである。

コローナも、ペイスの言うことが冗談だと分かっているので、少し笑って返事をする。

「御冗談を。最大戦力は私の目の前に居られます」

「ははは、コローナも煽てるのが上手くなりましたね」

モルテールン家の最大戦力は何であるかと聞かれたら、ペイス以外はたった一人の人物を挙げる。

単騎で敵の大軍に突っ込んでいっても平気で対処して帰ってくるぐらいのことはやってのけるという、ある意味で信頼感の塊《かたまり》。

実質一人だけで、何千人と死傷者を生み出した大龍を倒した、一騎当千《いっきとうせん》の人物だ。最大戦力という評価は、コローナも本気で言っている。

仮に千人の部隊でペイスを倒そうとして、それが可能だろうか。

いや、無理だろう。

少なくともコローナは、自分の指揮では不可能だと思っている。

魔法部隊を自分が完全に掌握《しょうあく》できたとしても、最大戦力と呼ばれるのは烏滸《おこ》がましいと、彼女は言う。

「防衛については問題ないようで安心しました」

「はい」

守りに関して問題ないというのは、胸を撫でおろす案件である。

魔の森から人食いの蜂《はち》やら、トラック並みの猪やら、果ては山のような大きさの大龍《ドラゴン》がまろび出てくるより、遥かに健全だ。

「農政についてはどうですか？　開拓は進んでいると聞いていますが」

「はい。壁内の農地区画においては、開拓の予定範囲の四割程度です。一部実験的に壁外に農地を設けましたが、此方《こちら》は野生動物や魔物に襲われる被害が出るようだと報告がありました」

「やはり、最低でも壁で囲わないと、魔の森近傍ではまともに農業もできませんか」

魔の森の開拓事業は、ただ単に森を切り開くだけではない。

今まで手をつけていなかった原生林を、農地や宅地にして人が住めるようにして初めて開拓成功といえる。

農地の拡大は急務ではあるのだが、やはり壁で囲わなければまともな農業は難しいようだ。

空を飛ぶものの大半は大龍のピー助が散歩のときにご飯代わりにぱくつくこともあるのだが、一般人にはただの鹿や猪であっても恐怖の対象である。

「農地の生産能力のほうはどうですか？」

農地の大きさを中々拡大できそうにないのなら、既にある農地の質を改善向上していくしかない。

単位面積当たりの収穫量をあげ、それで自給自足を図ろうという考えだ。

農政担当者や専門の研究者との話し合いもしつつ、現状では手探りで収穫量アップの方策を試しているところ。

結果がどうなっているのかは、ペイスも気になる。

「開拓地の生産力は、単位面積当たりでは本地《ザースデン》より上になるだろうとの見込みです」

「ほう」

思わぬ朗報に、ペイスの口元が少し緩む。

笑みを浮かべる相手に、コローナも喜ばしげに報告する。

「人手の問題から広さは、前回の報告に比べて微増に留まっておりますが、現状では自給の目途《めど》がつきました。今後は余剰生産力を領外への輸出に割り当て、必需品の購入を図ります。更に付け加えて、どうやら魔の森に近しいほど生育状況が良いらしいとの報告がありましたが、まだ確証を得られる段階には至っていません。今年の収穫と、来年まで時間を頂ければはっきりするかと」

「順調ですね。農業に関してはまず心配が要らなさそうでよかった」

「はい」

農業に自給自足の目途が立ち、今後は輸出もできそうだというのなら、開拓村としては大成功と言える。

少なくとも長期的に見れば、黒字にできる目途が立ったということなのだから。

モルテールン領の既存領地で不作になった時なども、環境の違う魔の森で食料生産できるのならば大いに心強い。

「特産品のほうは如何《いかが》です？」

食が十分に賄《まかな》えるのなら、次は生活水準の向上である。

最低限腹が満たされたなら、より豊かでゆとりある生活を目指す。

必要なのは金であり、金を稼ぐための手段。

「まだはっきりとしたことは報告できません」

「物が蒸留酒ですから、仕方ないですか」

「申し訳ありません」

「謝ることではありませんよ。コローナはよくやってくれています」

「ありがとうございます」

チョコレート村には、幸いにして都合の良い崖がある。

ここに穴を掘れば、酒を貯蔵するのに十分な場所になるだろうという目算だ。

長期熟成を試す。それにはやはり、蒸留酒であるほうが良い。

チョコレート村で蒸留酒が作れるようになれば、ペイスのお菓子作り、もとい領地運営も楽になるだろう。

「一点、気になることがあります」

「何でしょう」

「新作物の実りが、若干悪いようなのです」

「新作物というと？」

「カカオ、といわれていたものです」

「……重大事件じゃないですか」

ペイスは大いに顔を顰《しか》める。

魔の森で試していたカカオの試作。育ちはしているようだと報告があったので安心していたが、実際に育っているカカオを見たプローホルなどの話から、現状の生育はあまり好ましいとは言えないことが分かったらしい。

「現状、何とか生育しているとはありますが、このままでは当初の見込みほどに実が生《な》らないのではないかという見立てが提起されました。なにぶん手探りでやっているところもありますので、不安要素はあります」

「そうですか……当面は輸入ができることになったので良しとしても、カカオの生産技術の確立は急務ですね。どこかに実験でもできるいい土地でもあれば良いんですが……」

ペイスの頭の中には、取り得るべき手段がいくつか浮かぶ。

どこかに都合の良い土地はないものか。

「引き続き、村のことは任せますね」

「はい」

若い女性代官は、ペイスの信頼に深々と礼をした。

王妃

世の中には、二種類の人間が居る。

生物学的にみて、女と男だ。

ＬＧＢＴなどという概念が存在しない神王国社会では、男はより男らしくあれと求められるし、女はより女らしくあれと求められる。

男らしさとは、逞《たくま》しさ、潔さ、勇敢さ、公正さなど。おおよそ騎士と呼ばれるものに相応しいと求められる要素を指すことが多い。

騎士の国として生まれた国家の価値観は、模範的な騎士を最上として小さい時から教育される。対し、女性らしさとは神王国においては優しさ、美しさ、慎ましさ、寛容さなどを指す。いつでも笑みを絶やさず、誰に対しても優しく、大いなる包容力をもって人に接する人物こそ、女性の理想とされるのだ。

理想的な女性。概念とすれば抽象的な存在であり、現実には存在しないであろうもの。そうそう都合の良い人間などいやしない。居ないからこそ理想とされるのだ。

現実的な答えとしての理想的な女性。それは、今の時代においては特定の地位の女性を指す。ずばり、王妃のことだ。

この国において最も高貴な女性。

誰もが憧れるという意味で、理想的な女性である。

「王妃陛下におかれましては、ご機嫌麗《うるわ》しゅう存じます」

王宮の離れの一角。

国王以外は男子禁制となっている場所で、優雅な談話会が開かれていた。

お茶会と違うのは、みんなでおしゃべりすることが目的である点。お茶が添え物になっていて、話題に出てこない点。

そして、参加者全員が、それぞれに報告することを事前に用意してきているところだ。

女性同士の噂話のネットワークといっても良いが、自分の知る噂話や情報を持ち寄り、交換することで仲間内の結束を高め、利益を共有するのが目的、ということになっている。

「最近はすっかり木々の葉も落ちてしまいましたね」

「そうですね」

ガーデンスペースの一角で行っている談話会ではあるが、季節柄目に見える景色は寒々しい。

日当たりが良くて風のない場所という、冬の時期でも割と外の空気を楽しめる場所ではあるのだが、広葉樹が殆ど葉っぱを落としてしまっている光景は見るからに寒さを感じる。

冬という季節。木々の移ろいの中ではうら寂しい風景ではあっても、女性たちは喜んで談話会に参加していた。

木々の葉と違い、仲のいい女性が集まった場の会話というものは、実に盛大に花が咲いている。

「陛下、最近は国王陛下のご様子は如何でありましょう」

まず尋ねられるのは、国王の状況。

他所の国ならいざ知らず、国王への中央集権化が進み、絶対王政に近しくなりつつある神王国においては、国王の健康状態や機嫌というのは貴族にとっても、また後宮《こうきゅう》に住まう女性陣にとっても一番大事なことだ。

王妃が何故女性たちの中心にいられるかというなら、当人の資質だけではなく、王の最も近しい位置にいるという点も大きい。

談話会に集まる女性たちも、王妃の口から間接的にでも国王の状況を知ることは極めて大切なお役目だ。

「最近は、陛下は特にご機嫌であらせられます」

第一王妃の言葉に、周りの取り巻きは内心はともかく心から嬉しがっている風に喜ぶ。

「それは素晴らしいことですわね」

「ホントホント」

王妃の見るところ、最近の国王カリソンは上機嫌で居ることが多い。

それは、三権における状況が、ここ最近素晴らしく好天に恵まれているからだ。むしろ日照りを警戒するぐらいには晴天続きである。

例えば軍事。

三権においては最も気を遣う部分であるが、ここはかねてよりの懸案《けんあん》が片づきつつある。

かつての大戦の折は、地方の貴族が一斉に王家に反抗した。この苦い経験から、戦乱後の王家の戦力は、国外というよりむしろ国内に対して向けられていた。弱り切った国力の更なる低下を恐れ、再度の内乱を警戒するのは王としては当然の判断であった。

旧来からの貴族は土地に深く根を張り、有形無形《ゆうけいむけい》の影響力がある。それらを少しづつ少しづつ引っこ抜いていき、徐々に王家の力を増やし、反乱の芽を潰していった。

結果、かつて不穏分子とされていた貴族たちもここ最近は大人しくなっていて、いよいよ中央軍の掌握も進んでいる。

領地貴族の軍事力は地域の治安を守る為に行使され、王家の持つ戦力は国を守る為に使われる。有事となれば、王家が絶対的な指揮権を持ち地方の軍事力を統制し、神王国が一枚岩となってことにあたる。

そんな理想的な戦力配分が、かなり順調に進んでいるのだ。

中央軍の再編とともに、地方の領地貴族の転封《てんぽう》もあった。贔屓目《ひいきめ》を抜きにしても、神王国の長い歴史上でも、今が最も強い国になっていると断言できる。

カリソンがご機嫌になる訳だ。


他には、外交。

諸外国と揉め事が起きることも珍しくなかったところ、ここ最近はめっきり大人しい国ばかりになった。

ナヌーテック国、エレセ・ヤ・サイリ王国、アナンマナフ聖国やヴォルトゥザラ王国といった大国は、みな神王国に対して下手に出る外交を行っている。

これは偏に、近年外交的、軍事的に成功を重ねてきたからだ。

聖国とは実際に海戦を行って勝利し、講和によって矛を収めた。

サイリ王国は辺境伯《へんきょうはく》同士が争い、斟酌《しんしゃく》を受けて一時は危なかったものの逆侵攻で相手の領地を併呑《へいどん》してしまった。

ヴォルトゥザラ王国は神王国の王子が出向いたことで融和派が主導権を握るようになったし、ナヌーテックは神王国の備えが堅すぎて手出しできずにいる。

四方が全て安定しているなど、ここ最近の外交状況は極めて良好だ。

カリソンがご機嫌になる訳だ。


更に、内政。

神王国南部は特に発展著しいが、東部もまた国教と戦線がより東になったことで開発余地が広がり、生産力が上がっている最中だ。もとより広大な辺境伯領を併呑しているのだから、まだ当分は右肩上がりの生産能力向上が見込めるだろう。

国の国力は経済力の裏付けがあって初めて機能的に働くもの。

どんどん豊かになり、国富が増している現状。

カリソンがご機嫌になる訳だ。

「陛下は、最近はよく眠れると仰せです。健康にも不安はなく、政務も安定していると聞き及んでいますわ」

「流石は陛下です」

「そうですわ」

「そうですわ」

国王に対する賞賛は、一人が口にすれば付和雷同《ふわらいどう》。

皆が皆口を揃えて褒めちぎる。

ここに集まっているのは、第一王妃の〝お友達〟ばかり。どう見ても国王に近しい体制側の立ち位置なので、王の立場が強固であるほど自分たちの利益にもなる。

政務が順調なのは良いことだと喜んでいるのは、割と本心だろう。

「陛下のことは確かに喜ばしい状況かと思います。それで、皆さんのほうは如何かしら？」

自分は情報を与えた。

ならば次は貴方たちの番よと、第一王妃はそっと取り巻きに水を向ける。

「それでしたら、少々お耳に入れたいことがございまして」

「何でしょう」

取り巻きの一人。

癖っ毛のある髪を結いあげていた女性が、発言の許可を求める。

王妃としても軽く頷いて、話を聞こうとした。

「先だって代替わりがあったジュノー商会のことはご存じですよね」

「ええ。最近傾いているような噂を聞いていましたが、代替わりがあったのですか」

「はい」

王妃という立場は、この国において非常に貴《たっと》い。

故に、王宮の外に出ることは、基本的にタブーとされる。

例えば誘拐事件などが起きてしまえば、最悪それを外交カードにされて国益を害することにもなりかねない。

誘拐でないにしても、傷害事件でも起きれば国威を傷つけられることにもなるし、不義密通などがあれば国を割るお家騒動になりかねない。

王妃が外に出るというのは、トラブルを呼んでしまいかねないのだ。

当然、市井の情報には疎くなる。

王妃に代わって町の噂話を伝えるのが、談話会における参加者の仕事でもあるのだ。

ジュノー商会といえば、王宮に出入りしたこともある大手の商会。

色々と悪い噂もあったが、持ち込む品の質は良かったと王妃は記憶していた。

そこの商会に代替わりがあったというのなら、確かに王妃に関わりがありそうな噂だろう。

ふんふんと頷くことで、興味を示す王妃。

「代替わりに伴って商会の資産をいくつか手放したらしいのですが……ナータ商会という商会が、ジュノー商会の本店があった表通りの一等地を購入しまして」

代替わりで商会の経営が傾き、やむなく資産を現金化するというのはよくある話。

王都に新しいお店ができましたの、などという話題は、女性陣としても面白そうだと興味を引く話である。

新しくジュノー商会の跡地に入った店は、ナータ商会。

王妃としては、はてと引っかかる名前だ。

「どこかで聞いたことのあるような名前ですね。どこが後ろ盾？」

「モルテールン子爵です」

「首狩り騎士が。あの御仁も、もう一端の宮廷貴族ですね」

ああ、と王妃も納得の色を浮かべる。

そういえば、モルテールン家のお菓子を買いつける侍女が、ナータ商会のことを口にしていた気もする。

かつて首狩りと恐れられた武闘派のモルテールン子爵も、商会を囲い込んで商業活動を行うというのなら、王都の宮廷貴族として一般的な稼ぎ方をしているらしい。賞金首を狩って回るよりはよほど貴族らしい稼ぎ方だ。

「そのナータ商会が、件《くだん》の場所で店を開きまして」

「そうなの」

「どうもお菓子を扱う専門店であるとか」

「あら、それはモルテールンらしい。どうせ、息子のほうが関わっているのでしょうね」

モルテールンといえば、魔法とお菓子。最近では、それに大龍が加わる。

ここ数年来騒動の中心になっている家であるが、彼の家が商売するというのならやはりお菓子のことがまず真っ先に頭に浮かぶ。

「今度、モルテールン子爵夫人を王宮にお招きしましょうか」

〝また〟モルテールン子爵夫人に、色々と話を聞かねばならない。

王妃はそう思った。

◇◇◇◇◇

王宮の一角。

王妃のいる離れとは意図して距離を取られた建物の中。

神王国王家の第二王妃エミリア＝ミル＝ウー＝プラウリッヒは自身に近しい人間を集めてお茶会を開いていた。

談話会ではない。お茶会だ。

情報収集ではなく、愚痴《ぐち》を言い合う為に取り巻きが集まり、お喋《しゃべ》りするための会である。

「お聞きになりましたか」

取り巻きの一人が、エミリアに声をかける。

実にオーバーアクションで、さも重大事を告げるかのように声のキーも高い。

「今度、エルゼカーリー様がモルテールン子爵夫人を招こうとされているそうですの」

第一王妃がモルテールン家の夫人を招待しようとしている。

どこからそんな情報を仕入れてきたのか。

甲高い声で報告する取り巻きではあるが、その声は多分に非難の色合いを帯びている。

「モルテールン家といえば、我が家と同胞《どうほう》ともいうべき親密な関係。そこに亀裂を入れようとする行為は、いくら王妃陛下といえども僭越《せんえつ》でしょう」

「そうですわ」

「そうです」

「そうです」

第二王妃は軍家の貴族家出身。

モルテールン家とは、昔から親しく付き合いがある家柄だ。

何かと話題のモルテールン家と縁を持ちたがる人間は多く、モルテールン家が弱小であったころから繋《つな》がりを持つ第二王妃は、モルテールン家と同じ派閥であることを求心力の一つとしていた。

第一王妃がモルテールン家と接近しようとしている。

これは、明確に自分たちにとっての脅威になる。

「一度、しっかりお話しする必要があるかしら」

第二王妃の茶話会は、かなり剣呑《けんのん》な雰囲気に包まれていた。

西ノ村

モルテールン領の西ノ村《コッヒエン》。

他の貴族には隠しているこの村に、これまた秘密の多い施設がある。

モルテールン領立研究所。

本村《ザースデン》にも一応研究施設はあるのだが、人目を憚《はばか》る研究はこちらで行われることが多い。

この研究所では、色々な研究が行われている。

魔法の汎用化研究、汎用化された魔法の応用研究、商品作物の品種改良、モルテールン領内の資源調査、魔の森の新種植物における効能研究や応用研究などなど。

モルテールンならではの研究も多く、また外部に漏らすことによる影響の大きい研究も多い。

「所長、調子はどうですか?」

ペイスが声をかけたのは、冴えない風貌の中年男性。

無精ひげに猫背気味の姿勢。ぼさぼさの髪に白衣。

研究以外に興味はないというのが見た目で分かる彼こそ、ホーウッド=ミル=ソキホロ。

モルテールン領立研究所の所長を務める研究者で、これまで数々の研究でモルテールン家を支えてきた知の重鎮である。

「これはペイストリー＝モルテールン卿。調子はお陰様で上々ですよ」

「それは何より」

見た目こそぼさぼさで薄汚れている風に見えるが、体は健康そのもの。

毎日栄養を考えた美味しいものを食べられるように手配されているし、無理な残業などもさせられることはない。自主的に根を詰めることはあるが。

しかし、ペイスが問うたのは、そしてソキホロが答えたのは、所長の体の調子ではない。

研究成果についてだ。

所長預かりとなって続けている研究はいくつもあり、それらの研究進捗について尋ねた訳である。

「若手も増えたので、研究は順調です。まあ、一から教育しないといけない分手間が増えたともいえますが、やる気がある分だけ教え甲斐もありますな」

「新規に配置する数が少なくて申し訳ないとは思っていますが、機密を守れるだけの口の堅さと、研究を熟《こな》せるだけの教養というものが両立する人材が中々いないもので」

「それはまあそうでしょうな」

モルテールンの研究所は秘密も多いので、新しく新人を増やすにしても、口の堅さは最優先である。

しかし、口の堅さを取ると、研究開発に向いている人材があまり残らない。

何故なら、研究開発ができる程に勉学を収めている人間は、同時に貴族家の紐付きであるケースがとても多く、口の堅さに信用が置けないからだ。

この世界において、勉強できる人間というのは恵まれた一部の人間である。

貴族家に生まれるであるとか、それなりに高い立場にある従士家に生まれるであるとか、裕福な商家に生まれるであるとか、或いは富農の次男あたりに生まれるであるとか。

お金にゆとりがあって、子供を働かせずに勉強だけさせておける環境でなければ、子供のころから勉強をするということはない。

特に人口の大半を占める農家では、子供も立派な労働力なのだから。

更に、研究というものは勉学をしている中でもより知性に優れる人間でなければできない仕事だ。人から教えられた知識を身につけるだけではいけない。身についた知識を、目の前にある未知を晴らすために適切に使いこなす必要がある。

例えば二次方程式を勉強して、式を解ける人間であることと、二次方程式を使って未解決問題を証明することの違いだ。

後者のほうが明らかに難易度が高く、それを熟せるだけの知性を持つ人間というのは限られる。

モルテールン以外の貴族家に関わることなく、それでいて幼少期より勉学を収め、かつ知性において秀でた、若い人材。

こんな者をスカウトするのは、実に難しい。

ペイスは寄宿士官学校の教導役である。神王国でも何人いるかと数えられる程度にしかいない人材を、寄宿士官学校というエリート校から引っ張ってこられる立場。

何千枚もの金貨を贈り、にこにこになっている校長を懐柔《かいじゅう》し、本来ならば他の貴族の利権になっているであろう士官学校の人材獲得権を横取りして、ようやく獲得できた優秀な人材を、研究所に配置している。

ペイスが、ソキホロ所長を信頼し、研究部門を高く評価し、これからの為の重要な投資であると理解しているからこその荒業《あらわざ》。

ソキホロとしても貴族社会を生きてきた人間なので、ペイスがやっていることも全部ではないにしても多少は理解できる。

自分の為に骨を折ってくれるペイスに対して感謝こそあれ、不満などは一切ない。

新しく入ってきた新人に、必要な教育をするぐらいは恩返しとしても軽い程度の手間である。

「研究について話すのも久しぶりですな」

「そうですね。暫《しば》らく海の上に居ましたから」

「南の海は如何でしたかな?」

「なかなかに興味深いところでした。所長もいつか行ってみるといいですよ。珍しいものがたくさんありましたから」

「ほほう、それは興味深い」

未知を探検する知の冒険家が研究者だ。

珍しいものがある場所というのは、一研究者として興味をそそるとソキホロは楽しそうに笑う。

お土産話に聞くだけでも、試してみたいことがいっぱいある。

色々と話を聞くなかで、所長が特に気になる話は一つ。

「魔法を使う、背中に森ができる程の巨大な亀ですか」

「ええ。あれは大龍以上の大きさです。本当に島と思うほどに大きく、どれほど大きいのか、全貌すらつかめませんでした」

大亀の話は、研究者としての興《きょう》を惹《ひ》く。

大龍の鱗《うろこ》で龍金《りゅうきん》というとんでもなく高性能な合金を生み出してしまったソキホロである。亀の素材で何ができるのかと、試してみたい気持ちを隠そうともしない。

「亀の甲羅《こうら》あたりは、面白い素材になりそうじゃないですか？」

「そうですな。亀の甲羅は時折剝《は》がれるとも聞きます。一枚ぐらい持って帰ってきてませんか？」

「残念ながら。嵐にあった直後でしたから、荷物を無駄に増やすと沈没の危険性があると判断しました。リスクを少しでも減らすべきだと」

「仕方ありませんな。事情は理解できます。しかし、惜しいとも思います」

「そうでしょう。僕もそう思っていますから。機会があれば、もう一度取りに行っても良いですね」

ペイスの魔法は反則的なので、【瞬間移動】を使えば例の亀が居たあたりに移動することは可能。そこから幻の島ともいわれる亀を探せるかは不明だが、全く意識せずうろつくより、目的意識を持って探索したほうが発見する確率は高いはずだ。

もしもう一度南に行く機会があるならば、次は亀の素材をいくらか採ってきてやろうと考えるペイス。

「大亀で思い出しましたが、大龍の肥料についての研究はどうですか？」

「流石にまだ始まったばかりで、大した成果と呼べるものは出ていませんな」

「まあ、ものが肥料ですしね」

「ええ」

大龍の体内から出てきた糞や、未消化の残留物について。

或いは、腸をはじめとする腐敗しやすい内臓について。

モルテールン家では、肥料にするための研究を進めていた。

発酵させるための条件をそれぞれに変えて五パターンほど試し、肥料の作成を行っている。

当然、発酵というものにはそれ相応の時間がかかるもの。

巨大な大龍の残した大量の遺物だ。全てを事前に定められたとおりに発酵させようとすれば二年程度はかかるだろうと見込まれている。

また、肥料ができた後、その肥料の効果をそれぞれの条件ごとに確かめる実験もせねばならない。

これなども、単年度で成果をあげるよりは、何年もかけて土地に影響がないかなどを調べねば片手落ちというもの。

まだまだ、研究は始まったばかりだ。

「肥料の研究に時間がかかるのは理解していますが……現状の見込みはどうですか？」

「割と期待できるのではないかと思っています。先行試験の結果がかなり良かったようで、その結果がこちらです」

「ふむ」

大量の肥料を一気に作ろうとすれば時間がかかる。

しかし、実際にやってみて駄目でしたでは話にならない。

そこで行われているのが、ごく少量を先んじて試す先行試験と呼ばれるもの。

家庭ごみでも、バケツサイズのコンポスト一杯を肥料にするなら数週間はかかるだろうが、片手に載る程度の量ならば一週間もあれば発酵させることができる。

ごく少量をいち早く試してみた結果。

ペイスの見ている資料では、所長が期待すると言った言葉どおりに良さげな結果が出ていた。

どうやら、より大龍の体内に存在していた時間が長いものほど、肥料としての効果が高いのではないかという推測が為《な》されている。

この結果をみて、ペイスはじっと考え込む。

「結果は確かに期待できそうですね」

「ええ。これから時間をかけてじっくりやろうと思っていますが、楽しみなのは事実で」

研究者として、将来が明るいであろう研究をするのは実に楽しい。

未知と可能性の宝庫であるし、どう転んでも研究業績としては偉業になる。他にやったことのある研究者が誰一人としていないし、真似しようとしてもできないからだ。

神王国だけではない。世界中を見渡しても、ソキホロ以上の大龍専門家は存在しない。

大龍の肥料まで使い方が分かれば、のちの世で大龍の糞でも手に入れた人間が出れば、必ずソキホロの研究を参考にすることだろう。

研究者として、確実に社会の利益となる研究ができるのは喜びでしかない。

「ところで所長。少し、実験をしてみませんか？」

「実験？」

将来に想いを馳せていたソキホロに、ペイスが提案した。

今の大龍の研究ももちろん大事だが、興味があるなら亀に関わる研究もしてみないかと。

大亀の研究というのがどこまで大龍の研究と近似しているかは不明だが、全く役に立たないということもなかろう。

ソキホロは、一体何をやらせるつもりかと尋ねた。

「旅先で、少し思いついたことがありまして」

ペイスの柔和な笑顔。

その裏側には、何か大きな問題が隠れていそうだ。

所長は軽い身震いをするのだった。

神話

昔々のこと。

空と大地と海が繋がっていた昔。

空に大きな虹が架かった。

虹は綺麗《きれい》な弧を描き、空を大地と海から隔てた。


昔々のこと。

空があり、大地と海が一つであったころ。

大きな地震があった。

大地を揺らす大きな地震は、海と大地を隔てた。


昔々のこと。

空があり、海があり、大地が一つであったころ。

千日千夜続く大雨があった。

終わりなく大地に振り続ける雨は大河となり、海に注ぎ、大地をいくつもの大陸に隔てた。


昔々のこと。

空があり、海といくつもの大陸があったころ。

命が生まれた。

鳥が生まれ、魚が生まれ、獣が生まれ、そして人が生まれた。

人が最初に降り立った大陸が、サーディル大陸。

そこで人は大鳳《おおとり》と大魚と大木を手にする。

大鳳は人に幸運を与え、大魚は人々を病から遠ざけ、大木の実は人々を老いから遠ざけた。

人は大いに繁栄した。


そして、人は争った。

大いなる力を我が物にせんと争い、人々は人々を殺した。

それを悲しんだ大鳳は人々が不幸を感じるようにし、大魚は人々が病に苦しむようにし、大木は人が老いるようにした。

更にこれらは人々が争うことを諫《いさ》め、大陸をいくつもの島に分けた。


人々はいくつもの島に別れて暮らし、争い合うことを愚かしいことと慎み、日々の暮らしを行うようになった。


「と、いうのがサーディル諸島の森人の間に伝わる、建国の神話です」

「ほほう、ところ変われば神話も変わるものですな」

昔話というものは、どこの国どこの民族でも持っている。

親から子へと代々語り継がれていく、民族の物語。

神王国は建国に神話は存在しない。というより、建国以前のお話として神話がある。神王国は周辺の諸外国と比べても比較的新しい国家の為、国家創建の初代からかなり詳細な記録が残っているのだ。

この国では、建国の物語は神話ではなく歴史である。

「幸運の鳥、万能薬の魚、若返る大木。どれもこれも、流石は神話という荒唐《こうとう》さですよね」

「ええ、そう思います。しかし、何故そんな話を？　土産話にしては唐突ですが」

「実は、これらが実在するかもしれないのです」

「ええ!?」

研究所所長のソキホロは、ペイスの言葉に驚く。

今まで散々ペイストリーに驚かされてきたが、それにしても今回の話は飛び切りだ。

「少なくとも、若返りの大木というものは、近しいものを見つけました」

「ちょっと待ってください、あまりのことに……」

神話とされている存在を、発見した。

それだけでも仮に歴史学者が聞けば飛び上がって喜ぶ大発見である。

その上で、見つけたものがとんでもない。よりにもよって、若返りというのだから。

「正確には、若返りの効果があるといわれていた、大木の実です。森人の間では幻とされていた果実であり、現物は既に幾ばくか持って帰ってきています」

「若返る魔法の果実、ですか」

「はい」

ペイスは、サーディル諸島での幻の果実の話を聞き、それがカカオであるということから海に出た。

というより、そんなものがあるというなら、ペイスがじっとしている訳がなかった。

外交的な根回しも、宮廷の根回しも驚くほど迅速に終え、大金をつぎ込んで船と船員まで手配しての実行である。

無駄に行動力のある菓子狂い。ペイスのやることは何時だってお菓子の為である。

「そんなものがあるとは思えませんが……」

「しかし、そういう果実があるという神話が口伝《くでん》で伝わっていて、実際に口伝どおりに不思議な果実が存在していたのは事実です」

「う〜む」

ペイスが手に入れたカカオの果実が、若返りの効果を持つ。

話だけであれば眉唾《まゆつば》である。

敬虔《けいけん》とまではいえないまでも、ごく当たり前の信仰を持つソキホロとしては、教会の説法でも老いや死は誰しもに訪れるものであり、恐れるものではなく穏やかに受け入れるものだと説いていたと記憶する。

一般常識から考えても、若返るなどということが本当にあるとは思えない。

しかし、この世界においては不可能を可能にする存在がある。

魔法であり、魔法使いがそれだ。

更に言えば、伝説上の存在とされた大龍の実在が明らかになっている現状、他所の神話に謳《うた》われていた空想上の存在が、実在する可能性も無視できない。

常識の壁が盛大に壊されようとしている恐怖に、ソキホロは震える。

「研究者としては、時間の不可逆性を信じたいところです」

「時間は確かに不可逆であり、逆戻りはしないでしょう。しかし、物体の状態が可逆であることは、可能ではありませんが？」

時間は、如何に魔法のような超常の存在があろうとも戻すことはできない。

それが、通説であるし、研究者としても信じている世の理《ことわり》の大前提であろう。

時間が巻き戻るのであれば、それこそ解決不可能な矛盾。いわゆるパラドクスがいくらでも出てくる。

例えば、時間を巻き戻せる魔法使いを、巻き戻った時間軸で殺めたらどうなるのか、といった具合に。

殺めたのだから、魔法使いは巻き戻す時点に存在しなかったことになる訳だが、そうなると巻き戻すこと自体が不可能である。巻き戻せないのだから、殺めた事実もなかったことになり、と延々に事象がループしてしまう。

時間とは、一方通行。逆に流れることはあり得ない。

しかし、ペイスは言う。

時間は巻き戻せないとしても、現象を巻き戻すことはできると。

「物体の状態ですか」

「氷が解けて水になる。水になったものが凍って氷になる。我々の身のまわりにも、状態の遡及《そきゅう》は起きうることでしょう」

「それは、確かに」

時間ではなく、状態が戻ることは現実に存在している。

ならば、状態の遷移《せんい》を人為的に起こすこともできるはず。人為的にできることであるなら、魔法的な力があればもっと信じられない状態変化や状態遡及が可能なはずと、ペイスは言う。

小難しい話をしている研究者と領主代行ではあるが、言っていることはシンプル。

若返る果実というものが、あり得るのかどうかだ。

ペイスの見立てでは、あり得るという。

「これは僕の仮説なのですが」

そう言って、ペイスは自分の考えを説明しだす。

「魔力を与えながら作物を育てることで、作物に魔法の力が備わるのではないかと考えています」

「魔法の力、ですか」

「はい」

ペイスは、幻のカカオが生《な》っていた場所のことをよく覚えている。

魔法を使う不思議な巨大亀の背中に、大きなカカオが生っていたのだから、忘れそうもない。

そこから仮説を立てるとするなら。カカオに特別な効果があるという前提に立ったうえで、何故そんな不思議な作物が存在するのかと考える。

何がしか特別な品種である可能性も勿論あるだろう。何世代、何十世代、或いは何百何千という世代を重ねるうちに、特殊な効果を内包する品種が出来上がった可能性は、ゼロとは言い難い。

或いは、亀に原因があったのかもしれない。

大龍の鱗が特別な存在であることは周知の事実。ならば、亀の鱗にも特別な効果があるかもしれないし、魔法的な何かが存在していたかもしれない。

そう考えると、いきなり亀の背中に乗った連中は、蛮勇というのも烏滸がましいほどに命知らずだったのだろう。

仮に亀が特殊であった可能性を考えるなら。

その特殊性は、どう考えても魔法的な何かに違いない。

この世界のことしか知らない人間であれば、大きな亀が居てもそんなものかと思うかもしれないが、他の世界の知識を持ち、比較ができるペイスは違う。

巨大な亀が、明らかに生物の進化として異常であることを確信できる。

例えば、首の長い馬が居たとしよう。

ものすごく長い首を持つ生き物。これなら、ペイスもそんなものかと思う。キリンの存在を知っているからだ。

或いは、鼻の長い巨大な生き物が居たとしよう。

これも、そんなものかと思う。象やマンモスの存在を知っているからだ。

だが、島ほどある巨大な亀はどうだろうか。

これは、明らかに異常だと考える。そんなものが存在しない世界を知っているからだ。

普通の神王国人なら、首の長い馬も、鼻の長い巨大生物も、人が乗れる大きな亀も、同じようなものである。全部、不思議な生き物であり、そんなものも居るのかと感じる。

唯一ペイスだけが、異常さを理解できるのだ。

亀が異常な理由は、何なのか。

ペイスの知る世界との違いは何なのかと考えれば、仮説がうっすらと浮かび上がってくる。

「そもそも、魔法というものと魔力というエネルギーは、密接に関係しています」

「はい」

魔力がなければ、魔法は使えない。

これは、この世界の常識である。

「所長の研究で、魔力を蓄える物質があることは実証されている。更には、魔力を蓄えた物質に魔法という方向性を与えることは可能」

「そうですね」

魔力を蓄えること。蓄えられた魔力を魔法として使えること。これらは、魔法の汎用化技術といわれる。

ソキホロ所長の専門分野であり、モルテールン家の秘匿技術でもある。

「ならば、魔力を蓄えた環境で育った作物は、ある種の魔法的な要素を備えるのではないか」

「なるほど……面白い」

魔力を蓄える鉱物があるのなら。

魔力を蓄える植物があってもおかしくない。

ソキホロは、ペイスの言わんとすることに大きく頷く。研究者としても、未知の世界というのは大いに好奇心を刺激される。

「若返りの魔法の果実というものも、果実そのものに特徴があるのではなく、育った環境が特殊だったのではないか、というのが仮説の要旨です」

「ふむふむ、改めて説明していただくと、俄然仮説の真実味が増しますな」

ペイスは、魔法の果実と呼ばれていたカカオを実際に手に取り、更には調理までしている。

木に房なりであった為に八つほど確保できたことは確かだが、貴重なものである。

それを気にすることなく発酵させてチョコレートに加工したのだから、菓子狂いも極まっているが、それはそれ。

彼の考えでは、カカオを調理する過程で、何か特別であると感じたことはなかった。ならば、品種自体は普通のカカオと大きく違いはないのではないかと思う。

育つ環境次第で幻のカカオができるかもしれない。

こうなってくると、じっとしていられないのが菓子狂いというもの。

「与える魔力によって違いが出るかもしれませんが、とりあえずは僕の魔力でいきましょう」

「はい」

「他にも試してみたいことがいっぱいあります」

「そうですな。仮に仮説が正しかったとしても、今度は詳細な条件の確定が必要です。魔力の含まれた土地で育った作物が特殊な効果を持つとして、魔力による違いはあるのか。魔力の量はどの程度関係しているのか。魔力以外の土壌環境は影響するのか。調べねばならない項目はいくらでもありましょう」

早速、実験について手配をする。

ソキホロとしても魔法汎用化技術についておおよそ目途がついてしまったと思っていたところだ。汎用化の延長線上に「任意の魔法の発現」があるかもしれないと思えば、心がワクワクしてくるではないか。

「実験結果が、楽しみですね」

研究者とは、罪深い職業である。

先に待つのが明らかに争いの種であると分かっていても、そこに謎があるのなら、解き明かさずにはいられない。

好奇心の塊なのである。

工事監督と馬鹿話

モルテールン領チョコレート村。

崖を起点に半円状の外壁と堀に囲まれた堅牢な街である。

既に村と呼ぶのは実態にそぐわなくなってきている大きさなのだが、名前をつけて然程も経っていないことから未だに名称変更はなされていない。


この村の始まりの場所。

小さな囲みの崖側で、男たちが何やら行動していた。

「【掘削】‼」

ガン、という大きな音がする。

腹の中を前から後ろに殴りつけるような重低音とともに、地震と間違えそうな揺れ。

何人もの人間が、一斉に〝同じ魔法〟を使ったことによる、工事作業音だ。

チョコレート村では既に馴染みとなっているものでもある為、驚く人間は居ない。

今日もまた何か工事してるなと、遠くに音を聞くだけである。一般人は魔法が使われているとは思ってもいない。

若様が何か変なことしてるんじゃないか、ぐらいの認識である。

そしてその認識はあながち間違っていない。

いつだって、モルテールン領で普通じゃない何かが起きたなら、震源地はペイスである。

いつもどおりの作業。いつもどおりの騒がしさ。

しかし、今日は若干音が違っていた。

昨日までであれば、腹に響くような重低音は、町中にこだましていた。

ドンという音が響いた後、崖に音が反射してもう一度聞こえてくる。

堀や水路の工事などでは馴染みとなった反響だ。

ところが今日は、その反響がない。というより、最初の重低音すらいつもと違った感じに聞こえる。

何故なら、いつも行っているようなところではなく、崖の中を工事していたからだ。

いつもがだだっ広い中で空に向けて広がる開放音だとすれば、今日は籠《こ》もりに籠もった引きこもりといったところだろうか。

数度の音が響いたところで、やがて音が止まる。

「これぐらいでいいでしょう」

「はい」

音を止めたのは、現場を監督するコローナである。

代官として現場の監督と直接の指揮を行っており、今日も今日とて忙しく指示を飛ばしていた。

うす暗い穴倉のすぐ傍に立ち、万が一に崩れてきても大丈夫なように安全策を取りながら結果を確認する。

魔法の一斉発動というのは何度見ても凄まじいもので、体育館並みの広さまで拡張された穴が崖の中に出来上がっていた。

「早速、壁面補強に入ります。二班は作業を始めるように」

「はい」

「一班は半鐘の休憩時間を取ります。鐘が鳴ったら集まるように」

「はい」

「三班は掘削で出た土砂を運ぶように」

「はい」

細かい班ごとの指示を都度出しながら、コローナは工事を続ける。

壁面補強は、【掘削】の魔法を画一化した弊害で生まれる作業。

魔法を手足のように使いこなし、魔力量が規格外に多いペイスであれば、魔法で穴を掘ると同時に掘った部分を強化することもできる。

掘るときの掘り方というか、イメージのようなものが大切らしい。

しかし、一般人にはまず難しい。

魔力がただ掘るだけよりも多く消費される為、足並みを揃えるのに向いていない運用になるであるとか、上手く固められたかどうかの確認手段に乏しいであるとか、或いは固め方に個人差が生まれる為、大規模工事では逆に危なくなるであるとか。

理由はいろいろあるが、穴を掘るだけに留めておけば表面化しない欠点でもある。

それ故に、現状【掘削】の魔法で工事を行う際には、壁面補強工事は別に分けて行うようにしているのだ。

ツルハシでも掘れそうにない硬い岩盤を掘るのは魔法でしかできないが、掘った後を工事して補強するのは人海戦術で可能である。

魔力を回復する時間を待つのにも丁度いい。

魔法で穴を掘った後、快復するまでは体を動かして肉体労働。その後回復したところでまた魔法を使うというループ作業。

効率も良いし、訓練にもなって体を鍛えられるし、いいことずくめである。

掘った土砂の後始末も大事。

【掘削】の魔法は穴を掘れはするものの、残土が消え去る訳ではない。

これもペイスであれば【瞬間移動】を応用して一気に残土処理までしてしまえるのだが、魔法部隊の運用は単一部隊単一兵科単一魔法が基本。

一人が色々魔法を使い分ける運用よりは、一人が一つの魔法に習熟し、同じ魔法を使うもの同士で部隊を組み、必要に応じて部隊を入れ替える運用のほうが効率的である。

一人が弓も盾も剣も持って、時と場合に応じて入れ替えるよりは、盾ならば盾、弓ならば弓と武装を固定化した部隊のほうが運用しやすいのと同じだ。

訓練期間も短くて済むし、負傷者や傷病者の交代も手配しやすくなる。

掘った後に出る土を片づけるのも、これまた体を鍛えつつ適当な時間間隔をあけるのに効果的だ。

総じて、魔法部隊の工事というのは、実に合理的に行われているように見える。

「壁面の補強が済んだところから、棚を置いていきましょうか」

「うぃっ～す」

「ちょり～っす」

チョコレート村は、現在自給自足を目指して動いている。

同時に、経営安定化の為に現金収入の道を探っており、蒸留酒を特産品としようとしている。

蒸留したお酒を寝かせる為に、こうして穴を掘り、準備している訳だ。

穴を掘ったなら、樽を寝かせる為の棚がいる。

よく長期熟成ワインなども瓶詰《びんづめ》にしたあと寝かせるが、その時は必ず棚に置いているだろう。

これは、斜めに、或いは逆さまに置くことで、栓をしているコルクがワインの水分を含み、瓶の中の密封状態を作り出すからだ。

瓶の底を下にして置いておくと、コルク栓が上になり、また空気も出入りする。これはワインを酸化させ、劣化させることに繋がる。

故に栓をした口が下になって、コルクがワインに浸かるようにして保存するのだ。

蒸留酒の保管も、似たようなところがある。

適当に保管していると、簡単にアルコール分や水分が揮発《きはつ》してしまい、酒が空気に触れて劣化が進んでしまう。

だから棚に並べて保管する必要があるのだが、棚の設置まで魔法部隊を使ったりはしない。

魔法を使える人材は、難所に専念してもらうほうが良い。

棚の取りつけなどという雑事は、一般の村人にさせても問題がないだろう。

「何だその気の抜けた返事は!!」

「は、はい!!」

だが、一般の村人は、あくまでも素人《しろうと》。

軍事訓練を受けている訳でもないし、仕事にやりがいを求めている訳でもない。

適当な仕事でそれなりの報酬を貰《もら》って、時折酒を貰えたりする役得があるから働いているのだ。

仕事をする態度は、コローナから見れば気が抜けているように見える。

代官にもかかわらず現場で指揮を執っている理由でもあるが、コローナがビシバシ扱《しご》かねば、すぐにさぼろうとする人間が出るのだ。

「怖え……」

村人の一人が、女性代官の怒声を聞いて首をすくめる。

穴倉の中では、高めの声をした怒声がこの上なくよく響く。

いつも以上に迫力のある叱咤に対して、気楽な仕事のつもりだった男たちは体をこわばらせている。

「あの人、魔の森でも普通に戦ってるらしいぞ」

「ホントかよ」

「マジマジ。俺の幼馴染が兵士にいるんだけどさ。化け物みたいなデカい猪相手に一人で戦ったんだと」

「すげえな」

男同士で、仕事をしながらひそひそと会話する。

噂話というのは、仕事をしている振りをしながら手を抜くときの必須スキルだ。

ちなみに噂話の内容は、コローナの戦歴について。

かつてモルテールン家の従士として戦場に立ったこともあるし、何なら実際に剣をとって敵を斬り殺したこともある、完全な武闘派がコローナである。

まだ魔の森の開拓で壁も堀も未完成だったころには、戦闘要員として村人を守る為に自ら剣を取って戦ったりもしていた。

有名なところだと、家程もある巨大猪を相手に、国軍と共に戦ったというものがある。

怒らせると怖そうだという意味で、男たちはコローナに対して恐怖心を持つ。

「モルテールンの従士ってのは、誰も彼も化け物みたいに強いって噂だ」

「へえ」

モルテールン家の精鋭主義は外交カードでもあり、割と有名な話。

数よりも質を重んじる家風。というより、たくさんの従士を雇う金がなかった過去の事情から、一人一人が徹底して鍛えていた。

カセロールを筆頭に、シイツ、コアントロー、グラサージュといった面々は、皆が皆一騎当千の兵《つわもの》だ。

きっとコローナも、モルテールン家らしい豪傑に違いないぞと、男たちは噂する。

「あと、面白い噂がある」

「なんだ？」

「モルテールンじゃ、女のほうが強い」

「ぎゃははは」

誰の言った冗談だったか。

或いは、冗談ではないのか。

本当にありそうで、なさそうという微妙なラインの噂話は、作業員たちの笑いを誘った。

「そこ!!　煩《うるさ》いぞ!!」

「はい、すいません」

コローナの叱責に、思わず条件反射で謝る男たち。

「他所の土地の話を聞く限りじゃ、ここは女が強えよ」

「そんなに強くてどうするんだって思うがね。剣を持って戦うのは男に任せときゃいいんだって」

一般人は、女は家で子育てと家事をしていればいいという感覚の人間が多い。

モルテールンは開明的な土地柄だが、それでも常識として戦いは男、家事は女がするものという意識の人間が圧倒的多数だ。

コローナに叱られるのは嫌なのか、割と陰口を叩かれることは多い。

「女には女の戦いがあるっていうぜ？」

「そりゃお前、ここじゃ縁のない話だって」

「モルテールンの若様を取り合ってるって噂もあるぜ？」

「ありそうだな」

「ぎゃははは」

ペイスが男前で、一般的な結婚でいえば適齢期に当たるのを知っている村人たち。

お偉い人たちは嫁さんを複数貰っていて当然だという連中だけに、お偉いさんの色恋ゴシップは実に楽しめる娯楽である。

うちの代官も若様の妾《めかけ》なんじゃねえかなどと、根も葉もない噂を話して馬鹿笑いするあたりで、流石に監督者がやってくる。

「お前ら!!　無駄口叩く暇があるなら手を動かせ!!」

「はいっ!!」

コローナである。

この世界の常識に則り、口で言っても聞かない不良労働者どもに、鉄拳制裁を加えた。

大の男に引けを取らない鍛えられたコローナのげんこつである。

された男たちは半泣きになって殴られた箇所をさする。

「全く……」

真面目が服を着て歩いているような性格のコローナだ。

真面目に働かない連中にはいつも頭を悩ませるが、それでも仕事自体は順調に消化されていく。

「棚はこんな感じで？」

「そうだな。できるだけ隙間を減らして、かつ取り出しも便利なようにしておきたい」

「そのあたりは使いながら変えていくしかないと思います」

「一理あるな。ではここに」

棚の取り扱いを職人と相談しつつ、穴の中に棚を配置していく。

いくつか棚を並べれば、不思議と立派な酒蔵に見えてくるから不思議だ。

「出来上がりが楽しみだ。わが村の大きな力となってくれるだろう」

コローナの鼻を、樽の香りが通り過ぎていった。

呼び出し

モルテールン家の王都別邸。

モルテールン子爵の執務室に、息子が呼ばれた。

王都と領地、離れていても密に連絡を取り合えるのは、モルテールン家の持つ強みの一つである。

「父様、お呼びと伺いましたが」

「うむ」

執務室に居るのはカセロール。

そして、補佐役としてコアントローがいるが、寡黙《かもく》な性質の彼は少し離れたところで黙っている。

モルテールン家ではよく見る光景だ。

「いつも急に呼び出してすまないな」

申し訳なさそうにするカセロール。

元々自分が中央に呼ばれて一軍を預かる宮廷貴族となったせいで、領地運営のほうは息子に任せきりになってしまっている。

領主稼業も中々に大変なことは自分がよく分かっているため、短期間に何度も王都へ呼びつけることに少々の罪悪感があった。

「いいえ。必要なことであると理解しておりますので、いつでもお呼びください」

しかし、息子のほうは大して気にしていないという態度だ。

他の家であれば頻繁に呼ばれると移動だけでも大変なのだろうが、モルテールン家の、そしてペイスの場合は、魔法という反則的な力がある為大して負担ではないのだろう。

バツが悪そうなカセロールだが、息子の元気そうな顔を見ると喜ばしい気持ちもある。

「そうか。領地のほうはどうだ。何か問題は起きていないか？」

「特に大きな問題は起きていません」

「そうか」

領地経営が上手くいっているであろうことは、聞かずとも信頼している。

そもそも、赤字続きで万年貧乏体質であった領地を改善し、大きく黒字経営ができるようになった今のモルテールン領があるのは、誰よりも息子の功績が大きいと、父親は理解していた。

それこそ、息子が言葉を喋り始めたころから天才児であった事実を、親としてよく知っている。

だからこそ、領地経営〝程度〟であれば、ペイスなら何も問題なくできるだろうという確信があった。

それでも念のため、確認の意味で尋ねる。

領地経営の状況を、細かに報告するのも良いことであるとペイスは普通に運営状況を報告する。

税収は上々であること。

人口の増加ペースが想定より上振れしていること。

新村での移民の受け入れが容量的に限界に近づいており、古くからの新村住民を本村ないしはチョコレート村に移住させるよう促していること。

隣の男爵領からの移民が、盗賊被害を訴えていること。

レーテシュ伯から頻繁に社交のお誘いがあり、殆どを断っていること。

商業的に発展してきていて、王都の大手商会がいよいよ土地の地上げを始めたこと。

質の悪い連中が増えてきたので、一斉取り締まりを近く計画していること。

などなど。

報告事項は多岐にわたったが、基本的には良いニュースばかり。

問題があっても、対処可能であるという報告だ。

「ただ、農政のほうで少し懸念事項があがっていました」

唯一、ペイスが顔を顰《しか》めた報告があった。

「懸念事項？」

「カカオの生育と生産を試していたことはご存じかと思いますが」

「うむ、聞いている。チョコレートの原料だな」

「はい」

ペイスは大きく頷く。

「そのカカオの生育が、思わしくないとの報告があがっています」

「ふむ」

チョコレート村でカカオの大々的栽培を試そうとしていたのだが、代官から思ったほどうまく育っていないという報告が上がっている。

カカオの輸入は継続して行えるようになったし、モルテールン家の製菓産業でも一番の売れ筋であるチョコレートの製造に関しては問題はない。

ただ、今後チョコレートの需要が増えていけば対処しきれなくなることも目に見えている。

できればカカオを内製化し、モルテールン領で自給できるようにしたかったのだが、現状は捗々《はかばか》しくない。

ペイスの報告に、カセロールは少しばかり考え込む。

「解決はできそうか？」

農業に関して、それも全く新しい作物の生育に関しては、カセロールは知識を持たない。分からないことだらけなので全面的にペイスに任せているのだが、自分で聞いていても解決しないだろうという気持ちがあった。

簡単に解決できるなら、目の前の息子がわざわざ問題視するはずもないからだ。

ことお菓子に関する事業については、放っておいても最大限のパフォーマンスを発揮するのだから。

「不明です。モルテールン領は、やはりどこまでいっても土地が悪いですから、限界があるのかもしれません」

「大分豊かになっていると思うのだが」

「水に苦労はしなくなりましたが、元々が砂漠のような痩せた土地です。肥料を撒いて土地を肥やすにしても、元々豊かな土地ほどにするにはまだまだかかります」

「そうだな。いくらお前でも、時間の制約を越えることはできまい」

今まで幾多の問題を解決してきたペイスであっても、不可能なことは存在する。

時間を超越することなど、その最たる例だ。

元々草木も碌《ろく》に生えなかったモルテールン領である。土地を改良していくにも、豊饒《ほうじょう》の土地と呼ぶにはまだまだ時間がかかるだろう。

マメ科植物をはじめとする作付で、窒素不足の改善。動物の糞などから作る堆肥によるリンやカリウム不足の改善。石灰や草木灰による酸性土壌の改良などなどを、今までずっと地道に行ってきた。

大量の水を使えるようになったことで、塩害対策も行い始めている。

土中の水分量改善が進めば、更に収量アップが見込めるはず。

そう、収量増だ。

モルテールンの農地改良は、基本的に作物をより多く収穫することを目的に行われてきた。

従って、環境の多様性というものは極めて乏しい。どこの農地も画一的に、同じような土を作ってきたのだ。

最低限、他の領地と同じだけの生産性をと邁進《まいしん》してきた。モルテールン家が投資する農業技術も、基本的にこの延長線上。

インフラの投資に関しても、土地の整備等々を行う上で考えていたのは収量アップやコスト低減だ。

水利をよくすることで収量をあげ、土地を綺麗に区画整理することで作業効率をあげて生産コストを下げる。

どれだけ大量に生産できるか。どれだけ安定的に収穫できるか。どれだけ低コストの生産ができるか。

より多く、より安くを考えて土地を作ってきた。

偏に、領民が飢えない為であり、諸領からの輸入圧力に対抗して外貨の流出を防ぐためだ。

モルテールンの土地改良は、ある一面から見れば十分に成功していた。

しかしこれが、カカオの生育に相応しいものであるのかどうか。

ペイスの見込みでは、やはり怪しいと感じていた。

できれば元々カカオが生育していた環境を再現したいところではあるが、土の改良や環境の改良は、どうしたって時間のかかるものである。

今でも土地改良は続いているし、土地の中の栄養バランスや成分バランスを整えるのには足して引いてを繰り返す必要もあるだろう。

土地改良は、天秤にものを載せて量るのとよく似ている。

最良と思われる状態が片側にあり、今の状態を反対側に載せてみる。傾いたところで、足りないものを足していく。やがて反対側に傾く。今度は多すぎたものを引いていく。

徐々に徐々に足して引いて、理想に釣り合うように調整していくのだ。

時間と根気のいる作業が土づくりといえる。

「いっそ魔の森を切り開いて農地にできればとも思うのですが」

全てをまっさらに、或いはごっそりと大胆に土地を変えようと思えば、失敗しても大丈夫な土地を使いたい。

今現在農地となって食料生産している土地を、適当な実験に使う訳にもいくまい。それで農業生産力が落ちてしまえば、モルテールンの食料安全保障が危うくなるのだから。

魔の森辺りに広い土地を確保し、実験農場として好き勝手に弄れればベストなのだろうが、チョコレート村は現状自給自足の足場を固めているところ。

「……今はチョコレート村を安定させることが優先だろうな」

「はい」

急いては事を仕損じるという。

カカオが欲しいからといって開拓を無理に行えば、どこに落とし穴が待っているかも分からない。嵌《は》まってしまってからでは遅いのだ。

一歩一歩、十分に確認しながらやるべきだろう。

確実に政務を行うよう。くれぐれも、くれぐれもお菓子に目が眩んで暴走しないようにと、カセロールは息子に念を押した。

そして、更に念押しした。

ついでにもう一押し、絶対に暴走しないようにと注意をしておく。

「父様、そこまで言われなくとも、承知しております」

「うむ、信頼している。が、心配は尽きないからな。何せ前科が多すぎる」

「不本意な評価ですね」

「正当な評価だ」

息子が優秀なのは喜ばしいことだが、優秀すぎるのも問題だ。

ペイスが関わったトラブルを指折り数え始めると、指が百本あっても足りない。

「それで、今日呼ばれたのは如何《いか》なる理由でしょう」

会話の流れの悪さを悟ったのだろう。

形勢不利と見て、ペイスは話題の転換を試みる。

「実は先日、お前の海外渡航について報告に行ったんだが」

「それはそれは、お手数をおかけします」

宮廷貴族として働く父が、本来しなくてもいい領地の業務の一環で動く。

ペイスとしては、ありがたい協力だ。

宮廷の関係各所のあちこちに、ペイスの海外渡航について成果報告をして回る。

言葉にすれば簡単だが、内情は面倒くさいことも多い。

嫌味を言う人間も多いだろうし、あの手この手でカセロールの失言を引き出そうとしたことだろう。

或いは、海外渡航で何をしてきたのか、探りを入れられることも多かったはず。

ペイスが自分で動くというだけでも、鼻の利く人間は儲けの匂いを嗅いで近寄ってくる。

とりわけ宮廷貴族というのは、その手の利益についてはとても敏感だ。

些細な利権でも後々大きく育つこともあるし、美味しい話に手を入れたくなるのは貴族の防衛本能というものだろう。

カセロールが言いたかったのは、そしてペイスを呼びつけた理由は、報告をあげたことではない。

その報告を受け、やんごとなき方が動いたからだ。

「伯爵から報告をあげてもらったところ、詳しい話を聞きたいと、陛下がおっしゃられたそうなのだ。実に興味を持って話を聞かれたとのことだ」

「なるほど」

ペイスは、父の言いたいことが分かった。

「身支度をして、四日後。改めて迎えが来るので、それに随《したが》って登城するように」

「分かりました」

登城の命令に対し、子爵令息は慇懃《いんぎん》に頭を下げた。

謁見《えっけん》

神王国の王都にある王宮。

王城ともいわれるこの場所は、この国で最も貴き場所とされている。

生半可な人間では近づくことすら難しく、入ることのできる人間は選ばれたものばかり。

特に、王宮の中でも国王陛下のプライベートに近くなればなるほど警備は厳重になり、入るのにも資格を問われる。


青狼《せいろう》の間。

貴族以外は入室できない格式ある部屋に今、格式に散々喧嘩を吹っかけてきた少年がいる。

ペイストリー＝ミル＝モルテールンである。

時にパーティー会場になることもあるだだっ広い部屋の中。

青銀の髪の少年は、一見すると殊勝な態度で畏まっている。

部屋の中は沈黙。

幾人か人は居るのだが、誰一人として口を開かず、息をすることすら控えめにして、静かな空間を作り上げていた。

「神聖にして偉大なるプラウリッッヒ神王国第十三代国王カリソン＝ペクタレフ＝ハズブノワ＝ミル＝ラウド＝プラウリッッヒ陛下、御入来《ごにゅうらい》!!」

儀典官の張り上げる声が、静かだった部屋の中にこだまする。

読み上げられた名前のとおりの人物が、部屋の中に入ってくる。

豪華な服装に、王権を示す王冠を被り、威厳をもってゆっくりと。

やがて、部屋の最上段に置いてある椅子に座ると、部屋の中の少年に声をかけた。

「楽にしてよい。面《おもて》をあげろ」

自分の親友の息子だ。

国王としては褒められる態度ではないのだが、割とフランクで気楽な呼びかけをする。

普通の人間であれば、国王からの呼び出しを受けて緊張の一つもするだろうが、目の前の子供がそんな殊勝なものとは縁遠いことを知っている王としては、ペイスが呼びかけにさっと応えたのも予想の範囲内だった。

「国王陛下のお目通りが叶いましたこと、恐悦至極《きょうえつしごく》に存じ上げます」

「うむ、カセロールとは時々顔を合わせる故、さほど珍しさも感じぬが、お前と会うのは久しぶりだな。元気そうで何よりだ」

「はい、陛下。お久しゅうございます。モルテールン子爵カセロールが子、ペイストリーにございます。ご機嫌麗しく存じ上げます」

「畏まった挨拶も良いが、もっと気楽にしていいぞ。お前はこの国にとって大事な人材だ。少々礼儀作法に粗相があろうとも、罰することはない」

「恐縮の次第」

どこが恐縮していたのかと言いたくなるほどペイスは飄々《ひょうひょう》としているが、社交辞令としてお互いに言葉を交わす。

ペイスが顔をあげれば、国王の楽しそうな、それでいて悪戯《いたずら》っ子のような含み笑いの笑顔があった。勿論ペイスも、同じような笑顔である。

「実は陛下が私をお召しと聞き、陛下に召し上がって頂くべく、新しいお菓子を持参いたしました。ご挨拶としてご笑納いただければ幸甚《こうじん》に存じ上げます」

ペイスは、王に呼ばれたと聞いてからの数日間を、お菓子作りに費やした。

これは、陛下の招聘《しょうへい》に勝る公務はないという建前があり、折角の機会だから王家も自分たちのブランド戦略に利用しようという魂胆だ。

王家御用達だの、国王陛下激賞だの、セールストークは多いほうが売れる。

ペイスも腕によりをかけ、いくつか美味しいお菓子を用意した。

その中には「チョコレート」も存在する。

「うむ、それは嬉しいことだ。あとで妃たちと共に頂くとしよう」

「お妃さまと？」

「モルテールンの菓子だぞ？　独り占めしたことがバレたら、拗《す》ねられる」

ははは、と国王カリソンは笑う。

よりにもよってモルテールン謹製《きんせい》の、それもペイストリーお手製の菓子だという。

モルテールン家のお菓子の美味しさは、カリソンもよく知っている。以前、南部まで出向いて料理対決の審査員までしたことがあるのだ。

彼の少年の製菓技術の高さは、宮廷料理人に引けを取らない。どころか凌駕《りょうが》さえする。

ここでその素晴らしく美味しいであろう菓子を独り占めすれば、きっと王妃たちが拗ねることだろう。

王といえども、妻にはなかなか気を使うものである。

「それで、今日呼んだのはほかでもない。先だってお前が行った場所について、見聞きしたものを直接聞く為だ」

さてとばかりに本題を切り出すカリソン。

「最近、我が国の周辺情勢が怪しさを増していることは知っているか？」

「……多少は聞き及んでおります」

「流石に優秀だな。よしよし。話が早いのはいいな」

ここで知らないと答えても良かったのだが、悲しいかな、ペイスの優秀さは国王にも伝わっている。

モルテールン家は独自に情報網や諜報網を整備していて、【瞬間移動】の魔法という強みもあってかなり耳が良いことで知られていた。

周辺諸外国の、とりわけ聖国とヴォルトゥザラ王国の情報は逐一チェックしている。

モルテールン領に対して軍事的に攻めてくる可能性があるとしたらその二つだからだ。

それで、と国王は、ペイスに自分の知る国際情勢を語る。

「東西南北それぞれに色々と動きがあるようでな」

「はい」

南大陸の中央にあり、四方が仮想敵国に囲まれている神王国。どこが怖いといえば、全部怖い。

「北は、既に戦争準備中の疑いが濃厚だ」

「北というのは、どちらでしょう」

「ナヌーテック。あの連中は戦いとなると喜んで突っ込んでくる。その矛先が我が国でないことを祈るばかりだが、楽観視は危険だろう」

「御意《ぎょい》」

神王国の北方には、大国と呼ばれる国力を有する国が二つある。

ナヌーテック国とアテオス国だ。

どちらも神王国との間に小さな国を緩衝《かんしょう》国として挟んではいるものの、その気になればいつでも踏み越えてこられるだろう。

その上で、今現在の情勢として、ナヌーテックが戦争準備中という情報があるという。

十二分な備えはあるはずだが、あちらさんがどう考えるかまでは分からない。

「西はお前のお陰もあって、小康状態。近年まれにみるほど安定している」

「それは重畳《ちょうじょう》です」

「だが、此方は我が国の問題で不安定化している。辺境伯が周りの貴族を掌握しきれていないのだ」

「ほう」

「政争も含めて失敗続きだから。求心力が落ちているようだ。実際、何時内乱が起きても驚くには及ばん」

神王国の西といえば、ルッツバラン＝ミル＝ルーラー辺境伯の治める土地。ヴォルトゥザラ王国と国境を接する領地であり、争いの最前線という点ではいつもきな臭いところ。

ルーラー伯はペイスとも面識のある人物であるが、政争に弱く、色々と配下の勢力を統制するのに苦労しているらしいとは聞いていた。

それが、国王が危惧《きぐ》するほどの乱れになっているとするなら、西部はかなり危ない状況なのかもしれない。

ペイスは、同じくヴォルトゥザラ王国と接する領地を預かる身として、他人事ではないと顔をわずかに顰める。

「更に、東も問題だ」

「東というと、フバーレク辺境伯でしょうか」

「ん？　ああ、そうか、お前の嫁は確かフバーレク家から来たんだったな」

「はい」

ペイスの妻リコリスは、元々フバーレク家出身の御令嬢。

双子の姉は公爵家に嫁いだが、実兄がフバーレク家を継いでいて、モルテールン家とは縁戚になっている。

これもまた他人事とは思えない。

「ならば、フバーレク家が内政に注力していたことは知っているな？」

「はい」

かつてフバーレク家と小競り合いを繰り返し、一進一退で紛争を起こしていたのがルトルート辺境伯。

そのルトルートは、紆余曲折《うよきょくせつ》の末フバーレク家と南部連合軍によって潰されている。

元々主敵としていた家が滅んだ影響で、フバーレク家は軍事的な緊張が大きく減退した。

当代のフバーレク伯は、これをいい機会にと内政に大きく舵《かじ》を切り、軍事増強よりも産業振興を積極的に行っている。

「外敵の脅威が大きく減退し、代替わりで辺境伯家の内部が多少なりともぐらついた状況。内を固め、内政と領内把握に努めたのは堅実な方針だと褒めていい。間違いではなかっただろう」

「然様に思います」

「だが、少々外に目を向けなさすぎた。経験不足もあったろうな。サイリ王国の強硬派が、時間を置いたことで勢いを増している」

「なるほど」

だが、ここにきて東部の動きも怪しくなってきたらしい。

本来ならばフバーレク伯が対処するべきだし、辺境伯というのはその為に大きな権限を与えられているのだが、何せまだまだ若くて経験が浅い。

どこまで適切に対処できるのか、怪しいものがあると国王は感じている。

サイリ王国で、対神王国強硬派が力を増しているというのなら、尚更警戒せねばなるまい。

「彼奴等《きゃつら》が考えることは分かり切っている。ルトルート領を奪還せよ。これだ」

「はい。彼の国からすれば、喉元の匕首《ひしゅ》のようなもので御座いましょう。何とかしたいと思うのは自然なことかと思います」

「うむ」

一度大きく領土を取られたサイリ王国としては、何とかして元の領土を取り返したい。当然の考えだろう。

仮に全部でなくとも、少しづつ取り返せるようにしたいと考える人間は、それなりに多い。

「つまり、我が国は今現在、三方が不安定だ。唯一まともに安定しているといえるのが、南。聖国は一度大きく叩いたことで大人しくなっているし、レーテシュの奴も目配りが行き届いている。不安要素は、殆どない」

「殆ど、とおっしゃいますと?」

「聖国が、今現在組織改編の只中にあること。我が国に負けたことで守旧派が凋落《ちょうらく》した。聖国の内部の風通しが多少なりともよくなってしまえば、我が国にとっては面白くない事態だ」

「御意」

聖国が体制を整えて、国力を増す事態というのは、そのまま神王国南方の軍事的不安定要因になりうる。

できることならば、聖国の中はドロドロに政争で争い、醜い泥沼の闘争で足を引っ張り合ってくれるほうが、モルテールン家の安全保障的にはありがたい。

聖国内部の攪乱《かくらん》。やってやれないこともなさそうかと、ペイスは考える。

「そこで、お前のことが出てくる。サーディル諸島だったか？」

「は」

「そこの情報は、聖国に対して外交的な武器になり得るかもしれぬ。遠方の地ゆえに我が国でも詳細を知るものはいない。余人を挟んで情報が不正確になるのは好ましくない故、直接話を聞こうと思ったのだ」

「御意、然《しか》らば……」

ペイスは、自分の得た情報を詳しく王に説明する。

地理的にどの程度離れているのか。途中の航海上の難所やポイントはどうか。現地の地政学的な立ち位置はどうか。住民の技術レベルや知識水準はどの程度か。神王国にとって付き合うメリットがどの程度あるのか。などなど。

逐一質問に答える形で話をして、時間にして二時間はたっぷりと報告しただろうか。

「ご苦労だったな」

「陛下のお役に立てましたのなら、何ほどのこともございません」

ねぎらいの言葉を受け、ペイスは頭を下げる。

儀典官《ぎてんかん》が国王退席の宣言をしたところで、ペイスは部屋を出ることを許された。

やれやれ、とばかりに肩の力を抜いた。そんなタイミングだった。

「ペイストリー＝モルテールン卿」

ペイスに声をかけてきたのは、意外な人物であった。

ペイスに願いを

ペイスは、呼び止められた人物に連れられて王宮の一角にある部屋に来ていた。

入室の条件が極めて限定的な部屋で、王族でなければ使用許可を貰えない。

つまり、ペイスを部屋に誘った人物は王族ということ。

「さあ、座ってもらえるかしら」

「恐縮です」

ペイストリーを呼び止めたのは、エルゼカーリー＝ミル＝プラウリッヒ。

誰あろう、この国の王の正室であり、将来の国母となるであろう王妃陛下であった。

後ろにずらりと御付きの者を並べ、更には取り巻きと呼ぶべき貴族女性を従え、護衛の兵を大勢引き連れた状態での声かけである。

ペイスでなくとも、何事かと身構えてしまうのは仕方のないことだろう。

尚、ペイスの傍にはカセロールも居る。

流石に、国王からの呼び出しを受けて登城している中で、別件で呼び止めて引き留めるのは問題がある。

いつまでたっても帰ってこない息子にやきもきして、さぞ親も心配するだろうとの配慮で、父親も呼ばれていたのだ。

カセロールは息子を横目で見ながら、言いたいことをグッと堪《こら》えている様子だった。

ペイスとしても、父親の言いたいことはだいたい察する。

どうしてお前はいつも余計な騒動を起こすんだと呆れているに違いない。

ペイスは、口元をへの字にしながら父親を見返す。

これも、父親には意図がよく分かった。

僕が何かしたわけでもなく、向こうから勝手にやってくるんです。僕は被害者ですよ、と言いたいのだろう。

息の合った親子ならではの、以心伝心というものである。

モルテールン子爵親子が。いや、より正確に言うならば、少年が呼ばれたのは、王宮にある藍狐《あいこ》の間。

貴族であれば男女問わず入ることが許される部屋であるが、入室には王族の同伴がなければならないとされているところだ。

格式でいえば上から数えたほうが早い部屋であり、主な用途としては王族が貴族に対して個人的な用事があるときに使われる。

つまり、今のペイスのような状態だ。

「王妃陛下におかれましては、ご機嫌麗しく」

挨拶を交わすのは、カセロールが主役。

本質がどうあれ、ここに貴族家当主とその息子がいるのなら、最初に挨拶をするのは父親であるべきだ。

息子だけに対応させると、何があるか分からないというのもあるが。

ただでさえトラブルに愛されるペイスに、明らかなイレギュラーと思われる王妃の呼び出し。これで何も起きないと思えるほど、カセロールは能天気ではなかった。

不慣れな相手に少し緊張しながら、丁寧に挨拶をする。

「ありがとう。モルテールン卿も、そしてご子息も、お時間を取らせてしまうわね」

「お気になさいませぬよう。陛下の為にとあれば、時間はどうとでも都合をつけてみせましょう」

「嬉しい言葉だわ」

柔和な笑顔を見せる王妃であるが、周りの取り巻き貴族たちは笑顔がぎこちない。

なんなら笑顔を見せずに仏頂面《ぶっちょうづら》をしている人間まで居る。

彼らは、どうやら現状が面白くないらしい。

それもそうだろう。モルテールン家は、派閥的な事情もあって、本来であれば王妃とは敵対しているとみられている。敵対までとはいかずとも、良くて中立的な立ち位置であるというのが王妃たちの認識である。

王妃という立場は政治的にとても強い。

家庭を通して、王に直接〝お願い〟ができるからだ。

王妃が積極的になることで、本来の宮廷政治が歪められることもある。

故に歴代の王も、そして当代の王も、王妃は複数娶《めと》っている。

表の政治力学に多分に配慮した政略結婚という奴で、内務系から一人、領地貴族から一人、外務系から一人、軍務系から一人、といった具合だ。

モルテールン子爵は領地貴族かつ軍務系に属する軍人である。

王妃とは、派閥的に違う立ち位置。

大きな括《くく》りでいえば、政治的に対立のある関係性だ。

にもかかわらず、王妃は明らかにモルテールン家に対して丁寧な対応をしている様子。

取り巻きにしてみれば、面白くないと感じる人間の一人や二人居ても不思議はない。

「今日はお天気も良いわね」

「然様ですな。ここ数年は好天に恵まれております。これも偏に両陛下の御威光の賜物《たまもの》でしょう」

最初は、ごくありふれた会話から。

貴族社交の基本である。

当たり障りのない会話から、徐々に本題に話を進めるのが普通。

ここ数年は良い気候が続いているというのも、鉄板の話題だ。
七、八年ほど前には南大陸全体で気温が夏でも上がらない状況に陥り、農作物が軒並み壊滅的な被害を受けた。近年にない冷害であり、夏に実をつけるべき麦がほぼほぼ全滅に近いほど実らなかった。
それに比べるとここ最近は適度に晴れ、適度に気温の変化があり、適度に雨が降っている。

実に良い天気に恵まれているということで、疎遠な関係性の相手との世間話の最初にはよく使われる話題だ。

貴族同士ならば挨拶のようなものである。

最近は天気が良いわね、ええ、そうですね。こんな会話を交わすのが、実に無難。

しかし、王妃ともあろう社交上手が、無難だからと話題に出すだろうか。

「まぁ、御威光の賜物だなんて。いくら私でもお天気までは自由にできませんことよ。ご子息も、そう思うでしょう?」

おほほほほと笑う王妃。

カセロールは気軽な話題のつもりで話していたのだが、話を振られたペイスは気づいた。

王妃のあからさまな会話誘導に。

これだから貴族の社交は侮れないと、気持ちを引き締める。

「確かに、王妃陛下のおっしゃるとおり、天候まで自由にできる者は居ないでしょう」

「そうでしょう。いくらモルテールン卿や龍の守り人といえど、天候は変えられない。でしょう?」

「全くです。そのようなことは人知を超えると思われます」

「最近はモルテールン領のほうも、天候に恵まれているとか。特に、最近は〝適度に雨も降る〟日が続いているらしいですね」

だが、王妃というのは流石といえる。

ごく普通に今日の天気を話していたはずなのに、実に自然にモルテールン家の秘密に探りを入れる。

モルテールンにおいて、ペイスやその部下の魔法部隊が、魔法の飴を使って山を移動させ、雨が降るように環境改善を行ったことは秘密の事案だ。

山が消えることは隠しようがないが、それはレーテシュ領の海の埋め立ての為というのが公式見解。

雨を降らせるためというのは内緒なのだ。

元よりモルテールン地域は、最大の問題として雨が降らないという問題を抱えていた。

四方を山脈に囲まれているが故に起きる問題であったのだから、普通であれば解決などしようもない。

そのはずだ。

しかし、世の中には常識を屑籠《くずかご》に入れ、非常識と仲良くチークダンスを踊る変人も居る。

悲しいことにモルテールン領主代行が変人筆頭。

モルテールン領は今現在〝雨が降る〟領地になっている。

実に巧妙に、モルテールンの秘密を探ろうとしてくる王妃に、ペイスはポーカーフェイスのまま。

カセロールも、一瞬顔をしまったと顰めたが、すぐに笑顔に戻っている。

そして、自分がこういう相手は苦手だからと、ペイスに任せることにしたらしい。

逃げっぷりの良さは、流石は歴戦の勇士である。

「王妃陛下。実は最近、モルテールンでは雨が降るようになりまして」

「まあ、それは素晴らしいことね」

ペイスが水を向けたことで、案の定王妃が食いつく。

「雨が降るようになった秘密は、教えていただけないのかしら」

「秘密？　そんなものがあるのですか？」

きょとん、と笑顔を浮かべて小首を傾《かし》げるペイス。

実年齢だけなら何ものを知らない可愛らしい態度に見えるが、実態を知っていればどこまでもあざとい態度である。

「あのモルテールン領で雨が降るなんて、よほどのことだと思うのだけれど」

「そうですね。これも偏に神の恩寵の灼《あら》たかなるものと、日々感謝と祈りを捧げております」

ポーカーフェイスでいけしゃあしゃあと出鱈目《でたらめ》を言ってのけるペイスもペイスである。

王妃に負けず劣らず、強《したた》かなものだ。

そもそもペイスは、神の存在は信じていても、敬虔な信徒という訳ではない。

彼の信仰はただ一つ、お菓子作りにささげられているのだ。

ビバスイーツ、目指せ最高のお菓子、進めよ甘味の為に、がモットーである。

「ご子息は敬虔な方なのね」

「勿論です」

「では、モルテールン領で雨が降るようになったのは、神様のお陰であるとおっしゃるの？」

「然様です、王妃陛下。当家の領地が苦難の土地であったことは周知の事実で御座いましょう。それでも日々の暮らしに邁進し、努力を続け、公明正大に過ごしておりますから、神様もそれをご照《しょう》覧《らん》くださったのでしょう」

カセロールはともかく、神様なんぞ食えもしねえと言い捨てそうなシイツ従士長や、神様に頼るより自分で動きましょうというペイスに、照覧もなにもないだろう。

だが、建前上はモルテールン家は非常に敬虔な信徒である。

毎日真面目に働く人間に、神様が助けてくれたのだというのがモルテールン家の公式見解。

「本当に、秘密はないのね？」

じっとペイスを見る王妃。

そこでペイスは、ニヤッと笑う。

「では、王妃陛下にのみ、モルテールンの秘密をお教えいたしましょう。お傍の方々を少し下げていただけますか？」

「あら、まあ」

ペイスの提案は、望ましいことだったのだろう。

王妃は、護衛を一人だけ残し、他の取り巻きや護衛を数歩下がらせた。

内緒話をする為である。

「実は、モルテールンに雨が降るようになったのは、あることをしてからなのです」

「あること？」

「はい。神に感謝する踊りを、領民全員で行ったのです。これはもう、神に誓ってもかまいませんが、踊りを踊って以降、雨が降るようになりました」

「まあ、そんなことが……」

嘘である。

ペイスが行ったのは「ボン・オ・ドーリー」である。

火を焚《た》いて囲み、盛大に音楽と共に踊ったのは事実だし、その踊りの後から雨が降るようになったのは真実だ。

だが、踊りと雨の因果関係はない。

秘密の多いモルテールン家の、建前としての秘密が盆踊り、もといボン・オ・ドーリーなのだ。

「他の土地でも試してみるべきかしら」

「それは陛下のご随意《ずいい》に。それで、今日この場にご招待いただいた本題をお聞きしてもよろしいでしょうか」

すっと、王妃の目が細まる。

察しの良すぎる人間に対する、値踏みの目線だ。

国内でも多数の魔法使いを抱え、こと情報収集と分析に関しては国内随一の王家。

ここが、モルテールン領の雨の秘密を、知らないなどということはあり得ない。

少なくとも盆踊りのことぐらいはとっくの昔に把握してるはず。

にもかかわらず、もったいぶって秘密を教えてほしいというような態度を見せたのは、内緒話にかこつけて、取り巻きにも内緒の話をしたかったからではないか。

ペイスの推測に、王妃は少し嬉しそうにほほ笑む。

そのとおりだったからだ。

僅かに恥ずかしそうにしながら、王妃は本題を告げる。

「ナータ商会のお菓子。私も食べたいのよ」

王妃の願いは、一見すると普通のお願いであった。

ナータ商会は苦労する

モルテールン領本村《ザースデン》の大通り。

領主館や広場から最も近い位置にある建物が、ナータ商会モルテールン本店である。

近年拡大に次ぐ拡大で、忙しさも半端ないナータ商会ではあるが、その会頭《かいとう》はデココ＝ナータ。お金持ちで四十にもなろうかというのに独身という、貴族も羨む独り身ではあるが、彼とて決して苦労知らずではない。

今日も今日とて、モルテールン家の問題児が、問題を持ち込んできたことに頭を抱えていた。

「王妃陛下がお忍びで来られると？」

「ええ。デココには前もって伝えておこうと思いまして」

先ごろ、王都でペイスが伝えられたのは、王妃陛下のお忍びでのお菓子購入。

ナータ商会が王都の一等地に店舗を開くことを耳ざとく聞いた彼女が、ぜひとも自分が直接足を運びたいと言い出したのだ。

「自分としてはそのような面倒ごとはご遠慮願いたいところですが」

「そうもいかないのが、辛い所ですね。お互いに」

何故か面倒ごとのほうが寄ってくるトラブル体質のペイスである。

王妃様がお忍びで、お菓子を買いに来るというのに、何事もなければいいなあなどと希望的観測に頼ることはできない。

むしろ、何かが起きることを前提に心構えをしておくほうが正解だろう。

「そもそも、なんで直接買いに来るんですか？」

「事の起こりをいえば、モルテールンのお菓子が話題になり、更には陛下がリコリス印のクッキーを褒めたことに始まります」

「ほう」

今でこそ若奥様として家の社交も取り仕切っているペイスの妻リコリスであるが、彼女がモルテールンに来てまだ日が浅かったころ。

レーテシュ伯が、リコリスとペイスの婚約を破棄させようと裏で動いていたことがあった。

モルテールン家もまだ弱小と呼ばれるような規模であったころ。ようやく領地経営が黒字化し、製菓事業を軌道に乗せつつある時だった。

モルテールンの将来の発展を見通したレーテシュ伯が、ペイスごとモルテールンを取り込もうとした策謀の一手。フバーレク家の苦境を利用して行われた陰謀は、何もなければ成功していたかもしれない。

しかし、よりにもよって対象の当人が稀代のペテン師。

モルテールンの内情に邪《よこしま》な横やりを入れられることを嫌ったペイスが、一計を案じたのだ。

結果として、何故かお菓子作り対決で雌雄を決することとなり、当初は圧倒的にレーテシュ伯有利と思われていたところをモルテールン家が勝利。

リコリスが、手作りクッキーを作ることで、レーテシュ家の抱える一流料理人を退けたのだ。

この料理勝負の際、公正な審判として立ったのが国王カリソン。

王の判断には流石のレーテシュ伯といえども異を唱えることはできない。

最終的にペイスとリコリスは結婚し、晴れて大団円を迎えた。

ところが、王家に限ってみれば、大団円のめでたしめでたしとはいかなかった。

国王が直々に賞賛したクッキーが、貴族社会のみならず市井で大きな話題を呼び、大人気商品となってしまったのだ。

買おうと思っても中々手に入らないプレミア商品。

これを手に入れる為に、いろんな貴族が動きだした。

「リコリス印のクッキーは、デココも知ってのとおり、上級貴族であろうと順番の割り込みを許しませんでした」

「ええ、そうですね」

大変でした、とデココはぼやく。

モルテールンが後ろ盾となり、クッキーを販売する。

当然、モルテールン家以上の地位にある貴族は、自分たちに優先的に買わせろと言ってくる。

ペイスの意向と販売戦略の一環で、その手の割り込みを全て突っぱねたのだ。

当然、突っぱねた相手からは恨まれる。

あの手この手の嫌がらせや、圧力や脅しがあった。

国王陛下にも繋がりがあり、また上級貴族であっても並ばねば買えないというプレミア感が認知されるに従い、段々と減っていきはしたが、当時の苦労は今思い出しても胃が痛くなる。もう一度やれと言われたら、全て放り投げて逃げたくなる程度には嫌な思い出だ。

「それによってモルテールンのお菓子は『王族であっても』手に入れづらい商品となりました。これはこれで意味があることで、他のお菓子にはない要素ということで差別化もできています」

「はい」

お菓子というものは、別にペイスがこの世界で初めて発明したものではない。

砂糖も輸入されていたし、ペイス以外にお菓子を作る職人も存在している。

だが、他のお菓子職人は貴族に囲われるか、店を出すにしても王の名前を出せたりはしない。

どうしても、権力を持つ貴族からの割り込みは許容せざるを得なかった。

いくら美味しいお菓子であっても、また珍しいお菓子であっても、権力を一番持っている王族であれば、欲しいと思えばすぐに手に入るお菓子であったということだ。

当然、王族の周りにいる貴族たちもそれを知っている。

唯一モルテールン家だけが、王と直接交渉でき、高位貴族相手でも一歩も引かず、喧嘩を売られたとしても手痛くやり返して、独自の地位とブランドを確立できた。

王族でも手に入れるのが難しいモルテールンのお菓子というのは、手に入った時にそれを口実に人を集められる程度には知名度もあるし、味も美味しい。

他にない利用価値を持つため、今はもう手に入りにくさもそういうものだと認められているのだ。

「昨今、宮廷の奥向きでは、二つの派閥がにらみ合っています」

「はい」

「王妃陛下の正室派閥と、第二王妃、第三王妃が結託した側室派閥の二つ」

「ほう」

ペイスは、ダグラッドなどの外務官が調べ上げた王宮内の情勢について、デココに説明する。

「王宮貴族を支持母体とする王妃派と、領地貴族を支持母体とする側室派。内政に強みのある王妃派と、軍部に影響力のある側室派。モルテールン家は、どちらにつくべきだと考えますか？」

「……どちらも、と言いたいところです」

「そのとおり。どちらか一方に肩入れすれば、それだけでモルテールンにとって不利益です」

モルテールン家の立ち位置は、元々を辿れば弱小領地貴族であった。

作物が碌に取れない上に、いつ隣国が攻めてくるか分からない辺境の紛争地。

褒美といえば聞こえはいいが、体《てい》よく不良債権を押しつけられたようなものだった。金を稼ぐのに、あちこちの貴族の間を飛び回って傭兵稼業をしていた。

派閥的にいえば、中立的立ち位置。というより、どの派閥からも距離を取られていたというのが正しい。いざという時便利に使える下請けのようなもの。自社グループに取り込むまでもないと考えていた訳だ。

しかし領地経営が黒字化し、特産品もできたことで右肩上がりの成長軌道に乗る。

これに目をつけたのが、カドレチェク家をはじめとする宮廷の貴族たちだ。

遠方の僻地《へきち》に強力な勢力が単独でできることを良しとせず、自派閥に組み込み、モルテールン家とモルテールン領を自分たちの影響下に取り込んだのだ。

結果として、モルテールン家は派閥的に軍家閥に取り込まれていく。

「元々の立ち位置から考えれば、軍系の領地貴族です。これは王宮の勢力図でいうと、側室派になるでしょう」

「そうでしょうね」

「しかし近年、父様は中央軍を率いる中央の重鎮として、宮廷貴族の色合いも強めています」

「ふむふむ」

「宮廷の中は元々第一王妃。正室のほうの影響が強い。モルテールンとしても、徐々に第一王妃の影響下に組み込まれつつあるという感じですか」

「中々複雑ですね」

宮廷政治は複雑怪奇である。

色々な立場、色々な思惑があり、一概に宮廷貴族といっても一枚岩ではない。軍事に寄った者も居れば、内務に寄った者もいるし、外務に詳しい者もいる。

一方、領地貴族が単純かといえば、そうともいえない。

特にとなり合う領地を持つ領地貴族などは、犬猿の仲であることが多いのだ。

土地絡み、流通がらみのトラブルというのは、だいたいが隣同士で衝突するものなのだから。

「つまりモルテールン家には、どの王妃にしたところで手を出しづらかったということです」

「お互いに牽制《けんせい》し合っていたということですか？」

「まあ、そうですね。足の引っ張り合いとでも言いますか。モルテールンのお菓子を自分たちだけで私物化しようとするのは、モルテールン家の怒りを買います。それは、微妙なバランスで中立的な立場にあるモルテールン家を、相手の派閥に押しやってしまうことに繋がりかねない」

「なるほど」

領地貴族でもあり、宮廷貴族でもあるモルテールン家。

自派閥に組み込めれば、物凄く頼もしい味方になってくれるだろう。

当主のカセロールは騎士として有名であり、仲間を大切にして裏切りを嫌う精神性を持つ。

恩を売れば、真っ当に恩で返してくれる人物である。

そんな相手に無茶を言い、恨みを買い、反発されて自派閥から距離を取られるのは大きな損失だ。

「だから、今までもナータ商会に押しかけて、無茶を言ってお菓子を買うこともなかった」

「ありがたいことです」

派閥力学と宮廷政治の結果、綱引きの中心は大きく動くことなく安定していた。

それが今までナータ商会も受けてきた恩恵である。

「しかし……どうやら、耳ざとい王妃が、モルテールンのスイーツに〝特別な効果〟があると考えたらしく」

「特別な効果？」

「美容にいいのではないかと」

王妃の耳には、モルテールン製のお菓子について色々な噂が聞こえてくる。

魑魅魍魎《ちみもうりょう》の蠢《うごめ》くなかで暮らしているだけあって、とても情報通なのだ。

彼女の聞いた中には、癒やしの飴が美容にいいというものもある。

更に〝もっと特別な効果〟を持つスイーツもあるらしいという情報も入手していた。

「流石に、美容に関することは第一王妃も目の色を変えまして。どうしても、ナータ商会に出向くと言われました」

先日の呼び出しの主題が、これである。

ナータ商会に自分が行くから、手配しておいてほしいという〝お願い〟だった。

金に糸目はつけないという、商売人としてなら美味しい話である。

「直接王宮に持って上がるのではだめなんですか?」

「持ってきてもらうほうはそれで良いでしょうが……うち的には、難しいところです」

「何故?」

「モルテールンとして、ブランド価値を毀損《きそん》するからです。第一王妃に持っていけば、他の側室方も強請《ねだ》り始めます。側室が強請れば、後ろにいる大貴族が騒ぎます。大貴族が騒げば、当家の不利益になります」

「なるほど」

前例というのは恐ろしいものだ。

一端、特別扱いを一部でも認めてしまうと、他の人間も特別扱いを要求するようになる。

突っぱねるときも、過去の前例を持ち出されてしまえば断る労力は何倍もかかるだろう。

「故に、お忍びなのです。こっそり人をやるから、便宜を図れということです」

モルテールン家に迷惑をかけること、怒らせることは避けたい。

しかし、お菓子は欲しい。

だから、自分が直接足を運ぶ。王妃の覚悟は中々に決まっている。

「分かりました。高貴な立場の方が、わざわざ辞《じ》を低くして足を運ぶというのですから、袖《そで》にする理由もありません。我々の店は、身分の上下に拘《こだわ》ることなく先着順ではありますが、こっそり前日に人をやってもらえれば、『前日から並んでいたが邪魔なので整理券を渡して一旦帰す』という対応が取れます。整理券を持っている人間は裏口で別に対応としておけば、問題はありません」

「そうですね。デココには苦労をかけますが、その対応でお願いします」

ナータ商会の会頭は、任せてくださいと笑った。

研究はやりがいと閃き

その日は、のどかな一日だった。

いつもどおりの一日の始まりであり、ごく普通の朝だった。

ペイスもモルテールン領でもいつもどおりの政務を行っていたのだが、今日は一件だけ普段と違う用事があった。

「研究結果の速報です」

モルテールン領立研究所の所長、ソキホロ氏との会合だ。

元より賢さには定評のあるペイスではあるが、この世界にも賢人と呼ばれるものは数多くいる。特定分野に限るのであれば、中にはペイス以上に知識を持つ人間も居て当然だ。

ソキホロ所長は、その中の一人。

こと魔法研究の分野においては世界最高峰の知識を持ち、ペイスの思いつきともいえるアイデアを、実際に研究という分野に下ろし、実際の技術として確立するまでを担う、モルテールン家にとっての重鎮である。

戦闘力の高い人間というのであれば、この世界であれば代替できる人間など探せばいくらでもいるだろう。

しかし、頭のいい人間で、かつ知識のある人間で、モルテールン家に忠誠心を持つ人材となると、これはもう替えはきかない。

故に、ペイスもソキホロ所長の待遇は最上級のものを用意していて、話がしたいという連絡があれば最優先で時間を空ける。

今日も今日とて、中年研究者がザースデンの執務室に顔を見せる。

いつもどおりだらしなさを感じる身なりだが、大事なのは服ではなく服の中身だ。

「急がせてしまいましたね。所長もご苦労様です」

「いえ。もっぱら部下がやっておりましたから、私は指示を出すのと確認だけです」

ペイスが指示を出していたのは、サーディル諸島でつらつら考えていた仮説の検証である。

魔力の影響で、カカオが若返りの効果を持つようになったのではないかという検証だ。

ソキホロ所長は他にも行っている研究がある為、配属された新人たちを扱きながら検証したらしい。

後進の指導もしているというのは、実に頼もしいことである。

ペイスは笑顔で所長の労をねぎらう。

「確認するのも、経験が必要ですからね。誰にでもできる訳ではありません。いつも感謝しております」

「勿体ないお言葉ですな」

ソキホロ所長は、無精ひげを撫でながらペイスに研究途中の報告を見せる。

「まず結論から申し上げますと、魔力が植物の生育に影響することは確定です」

「そうですか」

「より正確に言えば、一定水準を超える濃度……密度というのが正しいのか？　が、越えている環境だと、越えた量に比例して顕著に影響がみられるようになる、という結果が得られました」

「つまり魔力を込めた土地で作った場合、作物には何かしらの影響がある？」

「はい。そう言えます」

研究内容の速報には、魔力の豊富な場所。とりわけ、土壌に魔力が多く含まれている場合の作物生育が、通常と明確に異なるという結果が書かれていた。

「促成栽培できるもので試してみました。魔力を込めた龍金製の容器に土を入れて育てたものと、普通の鉢植えとを比較したものがこちらです」

「……成長の度合いが若干早くなる？」

「の、ようです」

所長は、断言しなかった。

今のところ、もやしのような豆の促成栽培と、二十日大根のようにひと月未満で収穫ができる小さな根野菜を、それぞれ魔力の豊富な環境で育ててみたところである。

結果として、それぞれ普通の育て方をしたものと比べて、芽の長さは長く、葉の色もより濃い。

素人が見れば、これだけで「成長が早い」と結論づけてしまいそうなものだが、そこは研究の専門家。あらゆる可能性を想定して、確信が持てるまで断言はしない。

例えば現状であれば、実際に収穫をしてみるまでは、収穫までの期間が短縮されたとは断言できない。

単に、大きく成長しているだけかもしれないからだ。

傍目《はため》には早く育っているように見えて、単純に大きく育つ途上かもしれない。魔の森では、蜂や蜘蛛や猪が巨大に育っていたのだ。豆が同じように大きく育っているかもしれないと考えたとして、誰が可能性を否定できるだろうか。

早く育っているのか、大きく育っているのか、或いは他の状態なのか。検証がまだまだ足りていない状況なので、あくまでも速報。参考意見でしかない。

「然《しか》しながら、魔力が〝何らかの〟影響を及ぼしていることは確定しました」

「そうですね、この結果を見る限り、そのようです」

試験結果は、追試も行われている。

一応、種を撒くときは二十粒ほどの種をそれぞれに撒いて個体差を減らそうとしたが、完全になくした訳でもないだろう。

たまたま、物凄い確率の偶然で、成長の早い種だけが偏ってしまったかもしれない。

もう一回同じ実験をしてみることで、実験内容に見落としがないか、確かめてみたのだ。

「気になる点といえば、作物ごとの差異でしょう」

「差異？　どういうことでしょうか」

ソキホロ所長の言葉に、疑問符を浮かべるペイス。

「今回、成長の早いいくつかの作物で実験を行いました」

「はい」

「結果として、どの作物においても何がしかの変化が生まれました」

「面白い結果だと思います」

「しかし、変化そのものを見れば、作物ごとに違っています」

「ふむ」

そう言われて実験結果の速報を見直せば、なるほど、言いたいことが分かった。

「もやしの育成に関しては、茎が長く伸びた一方、二十日大根では葉が大きく茂った。大きな特徴として見られるそれぞれの変化は、確かに作物ごとに違いますね」

「はい。これは今実験中なので速報には載せられませんでしたが、芋で行った時には葉の色が濃くなっています。農家の見立てだと、恐らく実のほうがよくできているはずだと。土の盛り上がり方が、明らかに大きいと。掘り返してみるまで断言はできませんが、実が大きくなっているか、或いは実の数がたくさん生っているものだと推測されます」

「それは朗報じゃないですか」

ペイスは、ソキホロの言葉に相好を崩す。

芋というのは、いつの時代も救荒作物として確かな地位を確立している。

やせた土地でも育ち、収穫量は多く、作物そのもののカロリーも高い。

いざ飢饉《ききん》になれば、芋の活躍する場は広がるだろう。

芋の収穫量をあげられる技術に繋がりそうだと思えば、笑顔にもなるだろう。

「惜しいですな」

「何がですか？　所長」

いい結果が出ているはずの実験。

しかし、ソキホロは悔しそうな顔をした。

「魔法を汎用化する研究の成果としてみるなら、魔力の農作への利用などというのは絶好の研究テーマではないですか」

「そのとおりだと思います」

作物の生育に対して、魔力を使って影響を与える。

これは即ち、魔法といっても過言ではない。

もしも魔法使いで【成長促進】などという魔法を持つものが居れば、今回の実験結果と同じ成果を出すに違いない。

魔法汎用化研究。

ソキホロのライフワークであり、一生かけて研究しようと決めているテーマ。

誰もが魔法を使えるようになり、魔法が一般的な技術とされ、社会がより発展し、より豊かで安定した社会になる。

研究者としての人生を懸けるに足る、最高にして至高のテーマである。と、ソキホロは信じている。

ならば、今回の研究は、ソキホロの夢ともいえる目的に適う。

実際、魔法を使えないソキホロの部下が実験して、速報の成果を出せたのだ。

誰もができる技術に落とし込むことは、現実的に可能だろうと思われる。断言はできないが、まず道筋ははっきりと見えているではないか。

「王都のほうで論文にでもまとめて発表すれば、汎用研への見方も変わり、なんなら予算をたっぷり確保できたかもしれないと思うと、少し勿体ない思いがありまして」

王都の王立研究所に汎用研があったころにこの成果を出せていれば。

間違いなく、ソキホロの立場も変わっていただろうし、今のような状況にはなかっただろうと思う。

きっと、汎用化技術の新しい可能性として注目を浴び、研究資金もたっぷりと貰え、研究者としての名声を得て、なんなら副所長ぐらいまでは出世したかもしれない。いや、そうなっていただろう。

今は、モルテールン家に仕える身。研究成果を秘匿せねばならない立場だし、大っぴらに研究内容を自慢することもできない。

割と窮屈《きゅうくつ》な立場でもある。

「向こうに戻りたいとでも?」

「とんでもない。今の境遇に、私は心から満足しておりますし、ペイストリー＝モルテールン卿には恩義も感じているのです。ただ、公にできないのが惜しいというだけで」

「そうですね。それは確かに」

研究というものは、積み重ねである。

些細なことでも失敗を繰り返し、或いは成功を繰り返し、先人から後進に、研究を引き継いでいく。

先人たちの失敗を先んじて学んでおけるからこそ、次に続く者は同じ失敗をしなくなる。

どれだけ失敗しようとも、それは財産となり、いずれ大きな成功に結びついていくのだ。

今回の速報も、大っぴらにできればどれだけの人間が興味を持つか。開示さえできるなら、研究を一気に進めることもできるだろうことに、惜しいと思う気持ちが隠せない。

しかし、ソキホロは惜しいと言いつつも不満はなかった。

かつての劣悪な待遇を覚えているだけに、自分が今とても恵まれていることを知っているからだ。

そもそも、今回の実験についてもペイスのアイデアだ。

魔法を使って世界を飛び回り、大龍を単騎で打倒し、サーディル諸島まで自分で足を運び、現地の神話に謳われる幻の品を見つけ出し、そうして得られた仮説があったからこそ、出た実験結果なのだ。

これを、自分だけの力で成し遂げたと思えるほど、ソキホロの面の皮は厚くない。精々がペイスの十分の一ぐらいだろう。

「まあ、いずれ公にすることもあるでしょう。外交的に利用するかもしれませんし、その時は所長の名前も歴史に残りますよ」

「それは楽しみですな」

はははと笑う中年男。

研究者としては、歴史に名を遺す名誉を得られるというのは嬉しいことだ。

ペイスは、いずれ公にするかもしれないと言った。ならば、それを待とう。

ソキホロはペイスに楽しみだと言う。

「まだまだ試しておきたいことはあります。引き続いてお願いします」

「分かりました」

ソキホロは、研究者としてのやりがいを感じつつ、成果を出してみせると胸を張った。

後宮情報戦

王宮の、男子禁制のエリア。

後宮ともいわれるその場所は、国王のプライベートな空間でもある。

そこに居て良いのは、国王を除けば女性だけ。

更に、女性にも身分の違いがあり、それぞれに明確な格差が存在する。

一番身分の低いのが、下働きだ。

どぶ掃除や、赤ん坊のおしめの洗濯、高所作業や重量物の運搬、水汲みなど、人があまりやりたがらないような仕事を熟す。

辛い仕事、汚い仕事、危ない仕事は、身分の低い人間が行うのが後宮のルール。

ほとんどは平民出身の女性である。

次に身分の低いのが、低位の女官だ。

彼女たちは上司の命令を受け、下働きの人間を統率し、部屋の掃除をしたり高貴な女性の食事の準備をしたりする。

高貴な方々に直接声をかけてもらえる機会は稀であるが、顔を覚えてもらえる程度には近しい。

だいたいが低位の貴族出身者である。中には従士家出身というものもいるが、彼女たちは高貴な人々の近くに寄ることは憚られる為、自分たちだけでグループを作って時折姦《かしま》しくお喋りしている。

その上に居るのが、高位の女官だ。

全員が皆貴族家出身であり、中には王家に連なる血筋のものも居る。

彼女たちは、基本的に数居る王妃に直接仕え、妃からの指示を直接受ける立場。

王妃が常日頃身に纏う服の準備や着付けを行ったり、求めに応じて音楽を奏でたり。

高貴な生まれだけあって、日常生活も割とゆとりある生活をするものが多い。

そして最上位の身分が、王妃と呼ばれる者たち。

正室とされる第一王妃を筆頭に、第二王妃から順々に格付けされており、生まれは様々だ。

その時の国王が手をつけた女性で、素性に問題がなければ序列を与えられて王妃になる。

何世代か前の王はことのほか平民好きで、王妃が何人も平民出身ということがあったのだが、現在の後宮の序列は第一王妃からその下までずっと、高貴な生まれの者ばかりである。

王妃の間には、序列による待遇格差が存在している。

与えられる予算の額の多寡《たか》であったり、行事の際に一律に贈られる品の質が違っていたり、目に見えるものから無形のものまで、様々だ。

では、この序列。

絶対に動かないのかといえば、そうではない。

特に王妃の間の序列は、割と流動的である。

何故なら、王妃に求められる仕事というものが、王の子を成して産むことにあるからだ。

元々の序列や身分が低かろうと、王の子を産んだのなら偉い。産んでない王妃は、いくら喚こうが泣こうが、或いは高貴な生まれだろうが、序列としては子を産んだ王妃に劣る。

何とも分かりやすく、かつ残酷な世界が後宮の世界。

女同士の、王の寵《ちょう》を競う争いが、日々繰り広げられる女の園である。

今日もまた、女同士の戦いが勃発していた。

「あらエミリア、今日はいい天気ね」

「はい王妃陛下」

後宮の中でも中庭に当たる部分。よく手入れされている庭であり、誰しもが心地よい気持ちになれる場所だ。普通ならば、王妃が誰か居て、その周りを女官が取り囲み、日光浴なり森林浴なりを楽しむところ。

たまに、王妃という身分の人間が、顔を合わせることもある。その場合、気持ちのいい空間が、一気に不穏なものになる。

正室であり、第一位の妃であるエルゼカーリーと、側室であり、第二位の妃であるエミリアが鉢合わせたのも、偶然だった。

ここ最近の好天と、昨日振った雨による偶然だ。

久しぶりに振った雨で昨日一日は皆が屋内で過ごした。今日は朝からからりと晴れあがり、冬にあって陽気ともいえる気持ちのいい天気になったのだ。

おまけに、虹が架かった。

これは気分も良かろうと、高貴な方々が散歩がてら外を歩こうと考えた訳だ。後宮に住まい閉塞感を覚える者は、皆同じように解放感を求めて空を見に屋外に出る。

いつもなら女官たちが先んじて確認しておくので王妃同士が一か所でかち合うということも中々ないのだが、今日に限っては両者の気まぐれの結果、鉢合わせることになってしまった。

取り巻きたちはそれぞれに険しい顔をせざるをえない。

正室と側室。

じっと視線をぶつけあう二人。

「王妃様が外を出歩かれるのは珍しいですね」

「あら、そうかしら」

ふるりと、ひらひらした衣装を揺らす正室。

この服は、国王から先の暮れに贈られたものであるという誇示であろうか。

金糸や銀糸の入った、煌《きら》びやかな意匠。

勿論、側室としても第二王妃も同じように衣装を贈られているが、銀糸までは入っていないので一段格落ちするもの。

第二王妃としてみれば、わざとらしく見せびらかすようにしているだけで、もういけ好かない。

「体を動かすことよりも、室内に籠もられることのほうがお好きでしょう。明るい場所は不慣れではありませんか？」

「気遣ってもらわなくても大丈夫よ。明るい場所は大好きだから。貴女こそ、散歩なんて珍しいわね」

「そうでしょうか？」

「いつも体を鍛えるのに木槍を振るっているでしょう？　雨上がりだといつも以上に泥で汚れてしまうじゃない」

お互い、顔は笑顔でも言葉の端々にチクチクした嫌味が混じる。

双方ともが王妃というやんごとなき身分であり、生まれも育ちも貴族として生きてきたからには、

決定的で直接的な悪口は言わない。勿論、いくら仲が悪くても手が出たりはしない。それをしてしまうと最悪な結果になるというのがお互いに分かっているからだ。双方に行っていることは、単なる言い争い。

しかも、遠回りにお互いの悪い点を指摘している。

元より頭の良さを買われて、美貌と併せて才色兼備を謳われた第一王妃は、運動が得意ではない。というより、人並みだ。神王国の価値観から見て女性らしい女性であり、外で過ごすことよりも室内でできることのほうが好みである。

王の政務を補佐することもあり、どちらかといえばインドア派。引きこもりでない程度には外にも出るが、活動時間の比重は屋内に偏っている。

対し、第二王妃は昔から活発で、運動も得意なアウトドア派。自分自身が槍をもって戦うことも辞さない気構えを持っていることで知られ、王からも信頼を寄せられている。

元より騎士の国である神王国は、貴族が戦えることは好意的に見られる。

特に軍人の中でも武闘派寄りの人間は、強さこそ貴族たるの証と思っている節があり、仮に鍛えられた女性であっても肯定的に扱う。

勿論、神王国全体の価値観としては異端だ。

女性というものは慎ましく、淑やかにあることが理想、という常識も根深い。

となると第二王妃は、少々どころではないじゃじゃ馬ということになる。

序列が第一王妃に劣っているのは、そこら辺の貴族ウケを理由にしたものというのがもっぱらの噂だ。

正室たる第一王妃と、側室筆頭たる第二王妃。

どちらもスタイル抜群の美女であるが、性格はどうにも合わない。

故に、ちょくちょくこうして小さな衝突を起こしているのだ。

どちらも王の子を、それも王子を産んでいることもあり、角突き合わせて威嚇し合う関係である。

二人の穏やかな顔色と声色に騙されてはいけない。

彼女たちの言葉を翻訳するのなら、「根暗が外に出てきてんじゃねえよ、いつもどおり引きこもってろ」と第二王妃が煽ったのに対して、第一王妃が「いつも泥だらけの汚れた女が、黙って槍と遊んでろ」と言い返した形だ。

あらあら、おほほと口元では笑っていても、目元はお互いに笑っていない。

「体を動かすのは、素晴らしいことだと思いますが、王妃陛下は運動をなさらないようですね」

「そうでもないわ」

いつものやり取りの如く。

エミリア第二王妃がエルゼカーリー第一王妃の運動不足を指摘する。

普段であれば、政務が忙しいからだのなんだの言い返してくるところだが、今日はどうも違っていた。

「最近、体の調子が良いの。運動もしているわ」

「え？」

第一王妃の言葉に、第二王妃は驚く。

しかし、実際に体つきが少しすっきりしているように見える。

喧嘩《けんか》している相手だからこそ、相手のことは割とよく観察しているのだ。

「おかげで毎日気持ちのいい生活をしているのだけれど……やっぱり運動も大事ですけど、そればかりだと芸がないというものね」

ふふん、と自慢げなエルゼ王妃。

胸を反らす態度に、第二王妃は改めてじっと相手を観察した。

言われてみると確かに、いつも以上に体調が良さそうである。

一体、どうしたというのか。

いくら観察しても謎は深まるばかり。

「その秘密はなんですの?」

性格からだろうか。

迂遠《うえん》なやり取りではなく、直接謎を解決しようとする第二王妃。

「内緒よ」

ふふんと勝ち誇る第一王妃に、悔しそうな第二王妃。

中庭のにらみ合いは、第一王妃に軍配が上がった。

◇◇◇◇◇

後宮の一室。

第二王妃として、それなりに豪華な部屋を宛がわれているエミリアは、ぎりぎりと歯ぎしりをしていた。

その原因はといえば、第一王妃の変わりようだ。

「一体、何なのよ!!」

憤懣《ふんまん》やるかたない気持ちを、思いっきり吐き出すエミリア。

元々、第一王妃とエミリアでは、エミリアのほうが若い。

共に子供を産んでから若干体形が崩れたこともあったが、どちらも名うての美人として有名だったのだ。

同じ美人であれば、若いほうが有利。

年齢だけはどうあっても覆せない、エミリアの貴重なアドバンテージ。だったはずなのだ。

「あの女、明らかに〝若く〟なってなかった?」

「……そのようにも見えました」

おかしい。

人間が若返るなど、あって良いはずがない。

そこには何か秘密があるはずなのだ。

何かと反目しがちなライバルに対して、自分の有利だった部分まで負けるわけにはいかない。

せめて、若々しくなった秘密を探らねば。

「エミリア様、王妃陛下の秘密が分かりました」

「ほんと？　よくやってくれました!!」

自分に侍女として使える女官の一人が、朗報を持ち帰ったらしい。

この侍女は、自分が実家から連れてきた股肱《ここう》の部下。

そして、後宮内の情報を集める役割を担っている、重要な配下である。

早速聞かせてほしいと、エミリアは強請る。

「その秘密は……」

王宮の中で行われる情報戦。

その最前線は、身近なところに起きていた。

大発見のお知らせ

とある晴れた日。

モルテールン領ではごく普通の光景があった。

すなわち、誰かが大慌てで領主館に駆け込むという光景だ。

トラブルが日常、騒動が平常、非常識こそ常識なのがモルテールン領である。

今更一人二人がドタバタと慌てていたところで、領民は思う。いつものことかと。

今日駆け込んできたのは、研究所所長のソキホロ。

身嗜《みだしな》みにはあまり頓着《とんちゃく》しない中年男が、年齢を忘れたような全力疾走をしていた。

「ペイストリー＝モルテールン卿!!」

従士も見慣れている相手ということで、屋敷に飛び込んできた男を呼び止めるようなことはしない。誰何《すいか》もされずに執務室に通された男は、部屋に入るなりペイスに詰め寄った。

「実験結果で、面白い結果が出ました。世紀の大発見ですよ!!」

「ほほう」

開口一番、笑顔で宣《のたま》う。

研究者という生き物は、とかく話の内容が分かりにくいもの。

自分の専門分野の専門用語をまくしたてたり、話の前提をすっ飛ばして話し始めたり、話の流れがポンポン飛んだり。

ソキホロも、自分の発見したことをいち早くペイスに伝えようと慌てた様子であり、話し始めた内容がよく分からない支離滅裂《しりめつれつ》なものだった。


「所長、落ち着いてください」

「……はあ、はあ、申し訳ない。少し興奮しすぎたようで」

少しどころではない興奮具合だったが、ひとまず落ち着かせる為にお茶を用意させるペイス。

執務室は防諜対策万全の為、話を聞くならここが良かろうとソファーにソキホロを座らせた。

お茶がきて、ひとくちふたくちと口を湿らせれば、ようやく研究ばかも落ち着きを取り戻したらしい。

何があったのかと、神妙に尋ねるお菓子ばか。

「まずはこちらをご覧ください」

「これは……先日の速報の追試験結果ですか」

「はい。その結果、実に興味深い結果となりました」

所長が鼻息を荒らげてペイスに伝えた実験結果とは、先日魔力の豊富な土地では作物がより早く育つのではないかという仮説を確かめた実験である。

結論から言えば、先の予想は完全に間違っていた。

実験結果的に、仮説の完全否定である。

にもかかわらず、所長は実に嬉しそうだ。

「二十日大根《ラディッシュ》などは、間違いなく成長促進の効果があるように見られる一方、他の根菜では成長促進の効果が一切見られなかったと」

「より正確には、成長が促進されていると言えるほど、有為な差が見られなかった、です」

「ふむ」

てっきり、魔力的な効果でラディッシュが成長を速めていたのかと思ったのだが、違ったのだろうか。

或いは、魔力的な効果を顕著に受けるものと、そうでないものがあり、ラディッシュがたまたま影響を受けやすいものだったのか。

ペイスは、頭の中で色んな可能性を考えつつ、報告の続きを見る。

「ん？　成長が通常より遅くなったものもある？」

「はい。芋類などの一部がそのような傾向を見せました」

「それは困りますね……」

成長が早まるか否かであれば、やってみて駄目だったとしても普通の収穫。モルテールン領内で試す分にも問題はない。しかし、逆効果になることもあるとなると、話は途端にややこしくなる。

とりあえずやってみよう、というのができない。

相当にネガティブな、残念な結果のはず。しかし、所長は笑顔のまま。

理由は、次の続きにあった。

「成長の遅かったものは、実の数と大きさが五倍!?」

「はい。葉の成長が遅い割に、収穫で見るなら十倍では効かない量が収穫できました。時間が仮に倍かかるとしても、収穫量は格段に向上すると思われますな」

ソキホロが実験したのは、芋である。

ジャガイモと里芋の間の子のような、神王国でも一般的な芋。

割と神王国内どこでも育てていて、特に山がちな領地では盛んにつくられている。

ダバン男爵領などがその一つで、ワイン用の葡萄《ぶどう》を育てる傍ら、山がちで急勾配な場所に段々畑を作ってこの芋を育てている。

ペイスなどはジャガイモと呼んでいるが、恐らく生物学的、植物学的に区分するなら別物のはずである。

山の土地というのは、基本的に瘦せているもの。土中栄養素は、雨が降った時には高い所から低い所に流れて行ってしまうものだからだ。下から上に栄養だけ昇ってくることはない。必然、瘦せた土地が多くなる。

瘦せた土地でも育つ作物で、そこそこカロリーが高くて主食になるのが芋。

どこの領地でも作られているというのは、伊達ではない。

この芋を魔力豊富な土で育ててみたところ、葉や茎の成長は明らかに遅くなった。すわ失敗かと思っていたところ、掘り返してみるとびっくり。芋が信じられないぐらいごろごろ出てきた。

追試結果も同じ。

明らかに、魔力の影響で〝収穫量〟が増えた。

「……どういうことです?」

「他にも色々な作物で試してみました。味がとても良くなったもの、茎が遥かに高くまで伸びたもの、棘が頑丈になったものなど、実に様々です」

所長は、試してみた作物を列挙していき、その結果も併せて伝える。

慌てて駆け込むだけのことはある、驚きの結果だ。

例えば、ベリー。

甘くて美味しいことで知られるベリーを魔力のある土で育てたところ、今日ようやく実をつけた。

食べてみたところ、味が格段に向上していたのだ。

それはもう、同じベリーとは思えない、全くの別品種かと思えるぐらい違った。

何なら、砂糖でもかけたのかというほど甘く、酸味は爽やかで後味すっきり。香りも香《かん》しく、新人たちと取り合いになったぐらいには美味かった。

或いは、豆。

蔓《つる》を伸ばして上に伸びる作物であるが、これはもうにょきにょきと伸びた。

普通は一メートル程度までの高さに留まるものなのだが、魔力のある土で育てた豆は、四メートルを越えて伸びた。更に伸びそうだったが、物理的に観察しきれなくなったため今日、やむなくちょきんと切り落としたらしい。

豆ができる程には時間をかけられなかったが、このまま育てて花を咲かせ、豆の収穫まで行けばどうなるのか。

もしかしたら、わんさか豆が収穫できるかもしれない。

他にも、ハリエンジュの苗木を育ててみた。

これは食べられる作物でもないのだが、貯水池近郊で森となっている木であり、薪炭に向く木質から、早く育つのならそれなりに役に立つ。

それで実験した結果、育ちは然程変わらず誤差の範囲だが、棘が物凄く頑丈になったらしい。

革の手袋を突き破ったというのだから、下手な金属ナイフぐらいの鋭さがある。

「どうです、面白い結果になったでしょう!!」

どうだと言わんばかりにドヤ顔をする中年男。

結果を聞く限り、困惑することが増えた気がするのだが、ペイスはじっと考え込む。

それなりに長いと感じ、ソキホロ所長がお代わりしたお茶を飲み干して三杯目に行くころ、ペイスは一つの仮説を思いつく。

「魔力の明らかに多い……或いは無理矢理に魔力を込めたような土地で作った作物には、色々と付加効果があるということですね。完全にランダムという訳ではなく、作物ごとに同じ効果が出る」

「はい」

「もしかしたら、元々持っている性質が強まるのではないでしょうか」

「なるほど!! 確かに言われてみるとそうですな」

元々生命力が強くて繁殖力のある芋が、より繁殖して収穫量を増やす。

元々甘みの強い実を作るベリーが、より甘くて美味しいベリーを作るようになる。

振り返ってみれば、二十日大根などは早く育つのが特徴だった。その性質が強まったとするなら、最初に実験して成長が促進されるのではないかと仮説が立ったのも道理だ。

「魔力が、魔法的な効果についてエネルギーとなることは明らかです」

「ええ」

魔法とは、魔力がなければならない。ここらへんは所長としてもあえて確認するまでもない基本事項。一般常識の類いだ。

「人間が、魔法の飴で魔法を使えるようになるのは確定した事実。ならば、他の動物でも、魔法の飴のようなものがあれば、魔法が使えるようになる……かもしれませんよね？」

「その可能性は高いでしょう」

動物の中で、人間だけが特別な存在だと考えるのは傲慢だ。

実際、魔法を使う人間以外の生き物は存在するのだから。大龍のピー助などはいい例だろう。

「なら、植物にも、魔法を使える能力があったとしても、おかしくないのでは？」

「ほう、確かにそうですな」

動物が魔法を使えるというのなら、他の生き物が魔法を使えたとしてもおかしくはない。植物とて生き物なのだから、可能性はあるはず。

「魔法を使う為の回路のようなものは、どんな生き物も持っている？　そこに魔力があれば魔法を使えるようになる……或いは、植物の場合は単純化されているのかも。複雑な意志を持って発動する魔法は無理で、その植物が特性として持つものが魔法的に強化される？」

どこまでいっても仮説ではあるが、魔力の豊富な土地の植物は、その植物独特の効果を示すようになるのは間違いない。

ペイスは、もう一度大亀の背中に植物採取に行きたいと思う。機会があれば、ぜひともプラントハンターになってみるべきだろう。

「仮に仮説が正しいとするなら……もしかして、狙った効果を思いどおりにすることもできるのでは？」

ふと、ペイスが閃く。余計なことを。

「抗酸化作用や代謝促進効果のあるカカオ。それに、同じく抗酸化作用やアンチエイジングに効果的なオレンジやアーモンド……」

ペイスは考える。

仮に、植物の効能を引き上げるのが魔力の性質なのだとしたら。

若返りの効果があるとされるカカオは、確かにその効果を元々持っていると。

老化を予防するとされる抗酸化作用や、若いうちこそ活発になる新陳代謝など。

これらが強化されたのだとしたら、確かに若返ることもありそうな話だ。幻の大木の持つ若返りというのも、まんざら絵空事ではないような気がしてきた。

そして、我らが神童の優れたお菓子的頭脳は、もう一歩踏み込んだ発想を思いつく。お菓子に限ってはフルスペックを発揮するのがペイストリーだ。

「どうせなら、組み合わせて新商品にしましょうか」

彼の頭の中は、フル回転で回り続けていた。

休憩にはお菓子を

「陛下」

ジーベルト侯爵《こうしゃく》が、執務室で執務に励む国王に声を掛ける。

既に二時間ほどずっと机に向かっていることを気にしたからだ。

「陛下、少し休まれては如何でしょう。先ほどからずっと根を詰めておられるご様子。臣としましては、陛下のご健勝に勝る国益はないと愚考致します」

「うむ、そうだな。少し休憩を入れるか」

執務椅子の背もたれにもたれかかり、ぐぐっと背伸びをするカリソン。

背中の骨から、ポキポキと音がする。

どうやらかなり凝っているようで、伸びをしたところで僅かに痛みがあった。

これは本格的に休憩を取ったほうが良いと、カリソンは椅子から立ち上がってソファーのほうに足を進める。

「ジーベルト、お前もお茶に付き合え」

「は、御相伴《ごしょうばん》させていただきます」

折角休憩するのだからまったりとティータイムと洒落込《しゃれこ》みたいところだが、忙しい政務の合間とあってはそうもいかない。

だが、一人で休憩してもつまらないので、腹心の部下を休憩に誘う。

誘われたほうには否という答えは存在しないので、そのまま男同士のティータイムが始まる。

お茶の用意をするのは、ジーベルト侯爵の部下。

儀典の宮廷貴族に属する侍従長だ。

彼の仕事は王のそばにあって、快適な生活ができるようサポートすること。

休憩のお茶を用意するのも職務に含まれる。

ソファーでだらしなく背中を背もたれに預ける国王の前と、休憩中であっても背筋の伸びているジーベルト侯爵の前にそれぞれお茶が配られる。

ちなみに、毒見役が毒見をしたいくつかのお茶の中から、侍従長がランダムに選ぶ。

そして、残ったお茶は侍従長や他の部下が飲み干すことになっている。

毒殺を警戒せねばならないのが、国王という立場だ。

「ん？　このお茶はいつもと違うな」

「然様ですな。おい、このお茶はなんだ？」

ジーベルトの声が険しくなった。

お茶の味が違うということで、カリソンは一口含んだものをハンカチに吐き出した。

諸事物騒なことであるが、一応の用心だ。

お茶の件は侍従長が責任を持つところ。老人とも呼べるその男は、落ち着き払った声で問われたことに答える。

「はっ、ルーラー伯より献上されたものと聞いております。疲労回復に良いとのことでしたので、淹《い》れたものにございます」

ジーベルト侯爵の問いの答えに、カリソンはふむと軽く頷く。

お茶の手配は侍従長の職分で、お茶の味や茶葉の種類の選定も、勿論彼の仕事のうちに入る。

カリソンが割と休憩中に飲むお茶をルーティーン化しているのが珍しいほうで、歴代の王も普通の貴族も、体調や気分によってお茶の銘柄や淹れ方を変えるものだ。

侍従長は、自分の仕事を真っ当にこなしただけである。

疲労回復に効果的というのなら、確かに今の疲れた状況に合う。

見事だと一言褒め、カリソンはお茶の続きを楽しむ。

しばらくリラックスする時間を楽しみ、おもむろに部下に話しかける国王。

話題の内容は、今飲んでいるお茶についてだ。

「ルーラー伯も、色々と失地回復を狙っているということか」

「はい。そのようですな」

政治的に痛い失点をしてしまったルーラー辺境伯は、目下影響力の回復に邁進していると聞く。

軍事行動でどこかを攻めて求心力回復、とやらないだけ短期的な視点ではなくある程度長期的な視野を持っているのだろうが、その一環で国王の機嫌も取ろうと思ったのだろう。

「うむ、なかなかうまい」

「はい」

茶葉自体はどうやらヴォルトゥザラ王国経由の輸入品らしいが、この国にはない風味が味覚を楽しませる。

休憩時間に思わぬ喜びがあったと、気持ちも楽になるカリソン。

お茶は確かに疲労回復に効果がありそうである。

「しかし、北はいよいよ危うくなってきたな」

ぼそりと呟くカリソン。

気持ちが楽になったところで、政務のほうに意識が向いたらしい。

「ナヌーテックですか。エンツェンスベルガー辺境伯がご健在で御座いますれば、国防については心配ないものと思っておりますが……」

エンツェンスベルガー辺境伯は、そもそもが北の脅威に備えるのがお役目。

防備もガチガチに固めて、年がら年中工事をしている。城も防壁もあちこちに建ててあるし、それらに兵も配置している。

今から戦争が始まったとしても大丈夫なほど、しっかりと防備をしているというのが、エンツェンスベルガー辺境伯領の評価である。

「向こうも、色男の存在は十分わかっているだろうよ。その上でことを起こすとなれば、何か対策をもっているのかもしれんな」

「対策ですか？　一体どのような」

「俺が分かるわけなかろう。分かっているなら備えている。分からないから対策なのだ」

「はい、そのとおりかと。愚かしいことを申し上げました」

何かしてくるだろうという予測はできても、それが何であるかまでは分からない。

当たり前のことではあるが、言われてそのとおりと感じたジーベルト侯爵は頭を下げる。

「北が怪しい以上、最低でも東と西は落ち着いていてほしいものだが」

「落ち着きませんか」

「落ち着くという希望は捨てたくないが、残念ながら動くだろうな。恐らくナヌーテックが手を回しているのだろう」

もしもナヌーテック国が侵略的野心を持っているとするなら、単独で神王国と戦うようなことはしないだろう。

幸いにして神王国は、ナヌーテックと比べても遥かに国力が上である。

勿論彼の国も大国と呼ばれるのに十分な国力を持っているのだが、単純に比較の問題だ。

ナヌーテック単独で神王国に勝つのは、軍事的にはまず無理だ。

だが、一国で対処できないなら、他の国も巻き込もうとするのが世の道理。

とりわけ、神王国に恨みがあり、旧地快復を狙っているサイリ王国などは誘い甲斐があることだろう。

「かつての大戦を思い出しますな」

ジーベルト侯爵の呟きに、カリソンは顔を顰める。

かつてカリソンが王子だったころ。

この国は、四方から攻められてかなり危険だったのだ。文字どおり存亡の危機。

襲われた相手には、ナヌーテックやサイリ王国も含む。

あとほんの少し間違っていたら、或いはモルテールン子爵一人がいなければ、今ごろは神王国は滅び、他の国の領土となるか、奴隷の傀儡《くぐつ》国にでもされていただろう。

思い出したくない過去だ。

「頭が痛くなる。だが、救いがあるとすれば南は落ち着いていることだな」

「レーテシュ伯ですか」

ジーベルト侯爵が南と聞いて思いつくのは、真っ先にレーテシュ伯爵だ。

外交手腕は極めて高く、聖国と相対しても全く気にせず領地経営をしている。

「モルテールンとボンビーノもいるぞ」

カリソンは、笑いながら追加の二家をあげる。

南部といえば、その二家も忘れてはならないだろうと。

「モルテールン子爵は中央軍所属ですが？」

カセロールは、宮廷貴族である。

宮廷貴族のトップに居るジーベルトとしては、割と譲れない線引きである。

できればそのままずっと宮廷貴族でいてほしいほど。

「あそこは息子の出来がいいからな」

ははははと国王は笑う。

確かにモルテールン子爵は軍務系の宮廷貴族だが、息子のほうは立派に領地貴族をやっているという笑いだ。

「然様ですな。正直、羨ましく思います」

「ほう」

「どうにも自分の子供たちと比べてしまいます。あれほどの才能を持ち、実績も十分な男子など、そうはおりません。自分の子がああであればと……つい」

「それは俺もそうだ。ルニキスあたりは多少見習っているようだが、他の者も大いに見習ってもらいたいものだ」

「然様ですな」

ペイスを見習うなどとんでもない。などと、カセロールあたりは言いそうだが、傍から見る分には確かに見習わせたいほど優秀である。

お菓子、軍事、経済、政治、お菓子、経営、お菓子。全てに秀でているのだから。

アレが量産できれば、きっと国力は大きく向上するだろう。そして虫歯が量産されるだろう。

「そういえば、モルテールンから贈られたものがあるとのことでした」

「何だ？　いつもの焼き菓子か？　それとも豆菓子か？」

「新商品、と聞いております。毒見も終えておりますので、持ってこさせましょう」

話を傍で黙って聞いていた侍従長が、さっと手際よく準備する。

臣下の貴族からものを貢がれることはよくあることの為、特に気にせず出されたお菓子を見る。

「これがモルテールンの新商品？」

「はい、オランジェットというそうです。砂糖煮にしたオレンジを乾燥させ、チョコレートをまぶしましたのだとか。貴重なカカオが手に入ったので、陛下に献上をするとのことで、臣が預かりましてございます」

見た目は、透き通ったオレンジに茶色いチョコがついている。

今までカリソンは、チョコレートの豆菓子、アマンド・カラメリゼ・オ・ショコラなども口にしたことがある為、特に気にせずオランジェットといわれたものを口に入れた。

「ふむ、旨《うま》いな」

最初に感じたのは、フルーツの香り。

ものがオレンジだけに当然かもしれないが、実に爽やかに感じた。

そして甘い。

フルーツそのものも甘いが、なによりチョコレートが甘い。

お茶を口にすれば、丁度よくなる程度ではあっても、やはりお菓子らしいお菓子である。

「なかなか美味しゅうございます」

「まあ、政務の合間に摘《つま》むのには丁度いいな」

執務をこなしていると、疲れもするし小腹もすく。

ちょっと一つ摘むには、丁度いいお菓子かもしれない。

「妻たちも、きっと喜ぶだろう」

美味しいお菓子だから、妃たちにもおすそ分けしてやろう。

国王の軽い気持ちは、更なる騒動の引き金となる。

ナータ商会王都支店本日閉店

「ペイストリー様!!」

「何事ですか、騒々しい」

その日、モルテールン家の執務室に駆け込んできたのは、中年男だった。

ここ最近はよく駆け込んでくるなと思いつつも、ペイストリーは相手に対して落ち着くように言う。

「デココ、大商会を率いるあなたが、そんなに慌ててどうしますか」

飛び込んできたのは、ナータ商会会頭のデココ＝ナータ。

未だにナータ商会本店からモルテールン家領主館まで、全力疾走できる体力を維持していることは驚きである。

落ち着き払ってデココを嗜《たしな》めるペイスに対し、駆け込んできた男は謝罪の言葉を口にする。

「はい、申し訳ありません……じゃなくて、大変なんです!!」

「どうしました?」

「王都の店から、大至急救援をとの連絡がありました」

ナータ商会は、目下王都に新しい店を出そうとしている。というより、既に営業をプレオープンしている。

既存の店は別の用途に使い、目ぼしい機能の移転というのが正しいだろうか。

王都の大通りに面し、最も人通りの多い場所に構えてある大きな建物が新しい店舗になる予定。

馬車止めや裏庭もあり、専用の井戸まであり、従業員用の寮もまでも付設されているとなると、そうそう売りに出されるものではない物件である。

いくらナータ商会が金を積もうが、普通は手に入れるなど無理な物件であったが、何の因果か、大店が急に経営を傾け、大通りの一等地の物件が売りに出されることになった。

この情報をいち早く摑《つか》んだモルテールン家が、各所への影響力をふんだんに使って買いとったのだ。

「大至急？　向こうから連絡が来たのなら、何日も前の連絡でしょう？」

普通、王都にある店と、モルテールン領の本店とのやり取りは、馬車や馬を使う。

護衛もつけた立派な馬車が連なってキャラバンを形成し、モルテールン領からレーテシュ領やボンビーノ領を経由して王都に向かう。帰りも同じ道で、南部街道は行きと違うほうを使う。

安定して交通しているので、ペイスも時折手紙を預けたり預かったりする。

往復ではなく片道と考えても、一カ月はかかる道程だ。

大至急というものも、一カ月かかっての連絡というなら一日や二日は誤差である。そんなに慌てて駆け込むほどのことではないと、ペイスはデココを宥《なだ》めようとした。

しかし、商人は大きく首を振った。

「それが、どうやらカセロール様に魔法で送ってもらったらしく」

「え？」

ペイスは、デココの言葉に驚いた。

「店の人間が、血相を変えて。【瞬間移動】で来たというので、大ごとだと思いまして」

「そうですね。父様が慌てて送るのなら重大事件でしょう。しかし、それなら父様が直接来そうですが」

カセロールの魔法は言わずと知れた【瞬間移動】。他人にも瞬間移動をさせることができ、なんなら他人だけを送ることもできる。

モルテールン家の切り札の一枚であり、カセロールが首狩り騎士と恐れられる所以《ゆえん》でもある。

しかし、カセロールは現在国軍の隊長。

国軍に所属するということは、能力の全てを国軍の為に使うことを意味する。

例えば、明日酒を飲みたいので、今日は訓練軽めにします、などということは許されない。

どんな時も全力で訓練するべきであり、腕立て百回できるところを二十で済まそう、などというのは懲戒《ちょうかい》ものだ。

魔法も同じ。

本来なら三回使える魔法を、私事に使いたいので一回だけにします、などというのは通らない。

いついかなる時も、国軍の為に全力を尽くせるようにする義務が、カセロールにはある。

国軍の責務に縛られたカセロールが、言葉は悪いがただの商会員の為に魔法を使うというのは、かなりの異常事態である。

「何か、来られない訳がおありなのでしょう」

「そうかもしれません。その飛んできた部下というのは？」

「連れてきております。呼んできましょうか」

「ええ」

デココも詳しい事情はまだ聞いていない。

そこで、王都から飛んできたという商会員を召喚する。

やってきたのは、いかにも商人然として賢そうな男性。

三十そこそこだろうが、淡い赤髪よりの茶髪をした、小柄な男であった。

「ペイストリー＝モルテールン卿、お会いできて光栄です。小職《しょうしょく》はナータ商会の王都支店を預かります」

「堅苦しい挨拶は不要。急ぎの用事なら用件から述べなさい」

「はっ!!」

虚飾虚礼を嫌うモルテールンの流儀。

まだるっこしい挨拶をするぐらいなら、さっさと用件から言うのが手っ取り早い。

軍人家系らしい、実利一辺倒のやり方だろう。

商会員は、慌ててペイスに報告をする。

「実は、つい先ほど。店にエミリア王妃様とそのご友人方が来られて」

「ふむ」

「更にそのすぐあと、間も空けずにエルゼカーリー王妃陛下とそのご友人も来られまして」

「……は？」

ペイスは、言われた内容が実に不自然に感じた。

そもそも、エルゼカーリー第一王妃がナータ商会のお菓子を欲しがっていたことは知っている。事前に報告を受けていた。

だから、隠れてお忍びで来るかもしれないとは思っていたが、まさかプレオープンの日に来るとは思っていなかった。店がまだ本格的に開店していないのだから。

これから開店営業するのに、問題がないか確認するためのプレオープン。

しょっぱなから、イレギュラー中のイレギュラーである王妃陛下の来訪など、何の為のプレオープン中という話だ。

どう考えても配慮のある行動とは思えない。

更に、エミリア第二王妃も問題である。

そもそも、第一王妃はまだ事前に聞いていたから話は理解もできる。やってきた日がおかしいことを除けば、マシな対応だろう。

しかし、エミリア第二王妃の場合は、何も聞いていなかった。

いきなりプレオープンの日に来るとは、王宮の警備などはどうなっているのかと怒鳴りつけたいぐらいである。

その上、不仲で有名な両者が、よりにもよって鉢合わせ。

トラブルというのは、ドミノ倒しのように連鎖するようにできているのだろうか。

「お二人の間でかなり険悪《けんあく》な雰囲気になりまして。エミリア様は自分のほうが先に来たと言い、エリゼカーリー様は自分は前もって話を通していたと言い……馬車止めは然程広くないので全員分を入れる訳にはいかなかったのですが、どちらも譲らず」

「……はあ」

日頃から仲の悪い権力者同士。

些細《ささい》なことでも譲れ譲らないの喧嘩はあった。

今回は、馬車の駐車スペースで揉めたようだ。

王妃本人と取り巻きが来るなら、馬車の数も数台。或いは十台を超えるかもしれない。

それが二名分。

どう考えても、一店舗の馬車置きに停められる数ではない。

どちらかが引けとなれば、それは揉めることだろう。

「とりあえずは今日はお二方とも一旦お引き取り願えないかと言ったのですが……」

「引かなかったと?」

「はい。そしてモルテールン卿を呼べとの一点張りで」

何か目的があったのか。

引けと言われて簡単に引くような方々ではないとしても、喧嘩腰でぶつかるとはよっぽどである。

「それで父様が?」

「はい。カセロール様をお呼びしたのですが、すると今度は違う、ペイストリー様のほうだと」

カセロールが呼ばれて、魔法を使った経緯はよく分かった。

王族二人がモルテールン傘下の店の前で大げんかなど、あってはならないし、すぐに対処せねば拙《まず》い。

しかも、二人の女性は、ペイスを呼べと言ったらしい。

実に頭の痛い話だ。

「……はぁ、それで、御二人は何とおっしゃっておられたのです？」

「すぐに、王都に来てほしいと」

簡潔であるが、肝心の用件がさっぱり不明だ。

これはどうしたものかと悩む案件だろう。

「行くしかないですね」

「坊も余程に騒動に愛されているようで」

傍で話を聞いていた従士長が、茶々を入れる。

騒動の申し子というのはペイスの別名であるし、トラブルメーカーとしての才能は国内随一と自他、もとい他の認めるところだ。

「愛されるのはリコリスからだけで良いのですが」

「お、御馳走さんでさぁ。今の言葉は、しっかり伝えときますんで」

「行きたくないですね……どう考えても碌でもない話ですよ？」

用件も伝えずにただただ王都に来いと呼びつける。

王族というものはわがままというのが相場だが、それにしても何か隠すべき用件があるのか。

モルテールンの機嫌を損ねることが不利益になると理解しているであろう人間のやり方に、首を傾げるペイス。

「いいねえ、この国で一番二番を争う美女にモテるなんざぁ。羨ましいこって」

「なら代わりましょうか?」

「俺じゃあ不足が過ぎるってもんで。スケコマシの称号は、坊にって決まったんで」

「そんなもの聞いてませんよ?」

「今言いました。さっさと行って、ちゃちゃっと解決してきてくだせえよ。仕事が溜まってんすから」

「はぁ」

ペイスは、ため息をこぼしながら王都に【瞬間移動】した。

◇◇◇◇◇

「それで、何事ですか」

王都のナータ商会支店にペイスがついた時。

そこには明らかに何かが暴れたような惨状《さんじょう》があった。

「……店内で、乱闘騒ぎが起きました」

ペイスは、天を仰いで瞠目《どうもく》した。

ペイス、思いつく

ナータ商会の馬車止めエリアは、荒れ果てていた。

何かが割れた瓶のようなものが転がっていたり、馬車の車輪と思われるものが、折れた車軸と共に放置されていたり。

地面もあちこち濡れているし、どうやら血のようなものも転々と飛び散っている。

明らかに、この場所で暴力行為が起きたという痕跡《こんせき》。

「王妃ともあろう方々が、乱闘ですか」

ペイスは呆れるしかなかった。

よりにもよって、この国で淑女の鑑《かがみ》ともいわれる人間が、乱闘騒ぎを起こしたというのだから。

モルテールン家としては、ナータ商会のプレオープンを丸々潰されたことになる。

どう考えても、生半可なことで許せる被害ではない。

「王妃様方は、乱闘を押さえようとされました。モルテールン卿に迷惑をかけることになるから、止めるようにと」

「それで」

「しかし、周りの友人の方々が……こう、過熱したといいますか」

「取り巻きを制御できないのなら、派閥など作るなと言いたいですね」

現場を見ていた商会員によると、最初は口論だったという。

どちらが馬車を停めるかで揉め、お互いに譲らず口論になったと。

そのあたりで王妃たちは理性的にことを収めようとしたらしい。カセロールが呼ばれたのはこのあたり。

その後、カセロールはペイスを呼びに行くよう手配した。

口喧嘩はそのころには収まり、無言のにらみ合いになっていたという。

ひとまず場が落ち着いたと判断したカセロールは、すぐに来るであろうペイスにこの場を預けるようにとの伝言だけ残し、仕事に戻った。中央軍というのは暇ではないのだ。

さて、問題はこのあと。

カセロールが居なくなって、ペイスが来るまでの空白の時間。

誰かが「モルテールン卿に御迷惑をかけたのはお前たちのせいだ」という意味のことを言ったらしい。

それはお前たちのせいだろうとお互いに言い合いになり、口論がエスカレートしたところで軽く小突くような感じになり、それが押し合いになり、もみ合いになり、馬車の中のものを投げ合うようになり、乱闘騒ぎに発展してしまったそうだ。

「王妃様は、どうされました？」

「今日は一旦お二方ともお帰りになられました」

「当然でしょうね」

ここまでの騒動を起こしておいて、どの面下げて居座るのかという話である。

流石に問題の二人が帰ったということで、ペイスは事後処理に当たることになった。

◇◇◇◇◇

明けて翌日。

ことがことだけに王都に泊まっていたペイスの元に、使者がやってきた。

モルテールン家別邸では久しぶりの息子のお泊まりに、母アニエスが物凄く喜んだ一幕があったのだが、それは余談である。

やってきた使者は、国王の代理という肩書で来た。つまりは勅使《ちょくし》だ。

ペイスとしても蔑《ないがし》ろにすることはできず、居留守も使えない。

やむなく、別邸の応接室で使者を接遇することになった。

ちなみに、カセロールは息子に対応を任せると決めて、仕事に行っている。任せておけば安心だという信頼があるのだろう。

「この度は、大変な騒動を起こしてしまい、誠に申し訳ない」

勅使が深々と頭を下げる。

最上級の謝罪を見せ、ペイスに対して謝る。

ペイスとしても、相手を無下《むげ》にすることはできないが、かといって、謝ってもらったからこれでおしまいね、とはならない。

何とか貴族として落としどころを見つけ、感情の整理をつけねばならない。

「王妃様方に成り代わり、深く謝罪申し上げる」

「今更別人に頭を下げられましても……」

問題を起こしたのは、王妃とその取り巻きである。

いくら高貴なものとはいえ、部下に謝らせておいて御仕舞いにしようというのは虫が良すぎると、ペイスは感じていた。

それゆえ、思いっきり顔を顰めて不快感を表明する。

怒っている、不快だ、腹が立っていると、全身でアピールする形。

実際、ペイスとしても怒っているのだ。ナータ商会はペイスのお菓子を売るお店。それのプレオープンを台無しにされたのだから。

腹立ちを収めるには、目の前の使者の謝罪だけでは無理である。

「ご尤《もっと》も。おっしゃるとおりです。勿論、本来であれば騒ぎを起こした全員をここに連れてきて謝罪させるのが筋。それは重々承知しております」

「はあ」

確かに、ペイスも筋を通すならそうだろうと思う。

乱闘した全員が反省し、全員が揃って謝罪して、ようやく許すかどうかを決めるスタートラインに立てるだろうと。

筋の通らないことが嫌いなカセロール辺りなら、この時点で更に怒っているかもしれない。

余計に腹を立てたことが分かったのだろう。

使者は更に続けてペイスの憤懣を宥めようとする。

「しかし、そうなりますとここに大量の高位貴族の令嬢や、王妃様が来られることになりましょう。そうなれば、更に余計なご迷惑を重ねてしまいます」

「まあ、それは確かに」

言われて、ペイスも少し怒りの矛先が丸くなった。

確かに筋を通すなら全員がペイスの所に来て頭を下げるべきかもしれないが、そうなるとモルテールン別邸は貴族であふれかえることになるし、王族まで来ることになる。

更に騒ぎになるだろうし、ご近所にも迷惑がかかるだろう。

それは謝罪する姿勢としては不適切だとの意見は納得できる。

「ご迷惑をおかけした段に関して、心からお詫び申し上げます。幾重にもお詫びいたします。平《ひら》に、平にご容赦を。申し訳ありませんでした」

改めて頭を下げる勅使。

勅使というのは王の代理であり、本来は頭を下げることなどまずない。王が謝罪することなど殆どないからだ。

しかし、ペイスに対しては真摯《しんし》に謝っている。

その事実は、ペイスとしても認めざるを得ない。

「また、陛下や王妃様方より手紙と、直接お言葉を預かりました。申し訳なかったと」

「……そこまで言われては仕方ありませんね」

やれやれ、とため息をこぼすペイス。

直接謝罪を口にしたというのは、恐らく事実なのだろう。目の前で言う為に出向くとなると余計に迷惑がかかるから、使者に伝言を持たせた。手紙を見れば、確かに一文の自己弁護もせず謝罪の言葉を書き連ねてあった。

「謝罪について誠意を示す為、謝罪の品も預かってまいりました」

そして、ある程度ペイスの怒気が和らいだことを見て取ったのだろう。

更に謝罪の品も預かってきたという。

「謝罪の品？」

「はい。お持ちしても良いでしょうか」

「ええ」

一旦部屋を出た勅使は、正装をしたうえでマントまで羽織《はお》り、高々と口上を述べ、敬礼したのちにペイスの前に片膝をつく。

「こちらです」

そして、一通の手紙を手渡した。

「これは？」

「モルテールン家に対して、勅許状《ちょっきょ》です」

「拝領します」

手紙に目を落とせば、封印は王家の紋章。

国王陛下からの正式な文書ということだ。

これは適当に受け取る訳にはいかないので、ペイスも敬礼で受け取る。

その後、一言断ってから中を見ると、書いている内容は数行であった。

正式な国王の印とサインもあるが、内容はシンプル。

「……王家所有の牧場との取引を指し許す？」

「はい」

汝《なんじ》、ペイストリー＝ミル＝モルテールン
此の者に王家所有のミーク牧場並びにダイア牧場との一切の取引を指し許す
第十三代国王カリソン＝ペクタレフ＝ハズブノワ＝ミル＝ラウド＝プラウリッヒ　勅印

陛下の勅があるとなれば、堂々とできる公式なもの。

「王家は、いくつかの牧場を所有しております。本来であればここの取引は決められた者を通してしかできません」

「存じております」

「しかし、今回は詫びとして、モルテールン家に限り、この牧場からの産物の取引を許すと仰せです」

王家直営の牧場や農場は、王家の為の食料供給を行っている。

当然、神王国でも最上の土地を使い、最上の人材を囲い、最上の手間をかけ、最上の農作物を生産しているのだ。

その牧場から、農作物を買い取る権利をくれるという。

「……つまり、王家御用達《ごようたし》の牛乳や卵が定期的に購入できる？」

「量には物理的な限りはありますが、そのとおりです」

「流石は陛下!!　なんたる名君!!　これで生クリームもバターも最高級のものが作れます!!」

ペイスは、思わず飛び上がって喜んだ。

モルテールン領でも牛は育てているし、鶏も育てている。

しかし、この国でも最上級品が手に入るというのなら、それに勝ることはない。

ペイスとて、何十年、何百年と連綿《れんめん》と続いてきた伝統ある牧場の実力を舐めたりはしない。

牧畜に関しては素人のペイス。いくら自分が頑張ろうと、やはりそもそもの原材料の質は王家直轄牧場のほうがモルテールン領の牧場より上であろう。

最高のスイーツの為にまた一歩進んだ。

これを喜ばずにいられようか。

ひとしきり喜びまくったペイス。

落ち着いたところで、使者は改めて今回の来訪目的を尋ねる。

「では、王妃様方の件は許していただけましょうか」

「そうですね、仕方ありません。陛下の勅許に免じて、水に流すこととしましょう」

「ありがとうございます。肩の荷が下りてほっとしております」

ようやく、勅使は自分の任務を果たせたと胸をなでおろした。

正直、ペイスを怒らせたとなった時、カリソンもどうやって宥めるかに頭を痛めたのだ。牧場との取引で水に流してくれるなら、安いものだと思っていることだろう。

「それで、そもそもどうして乱闘などと？」

一息ついたところで、ペイスは気になったことを聞いてみる。

何でこんなばからしいことをやらかしたのかと。

「さすれば、モルテールン卿の献上されましたお菓子にございます」

「どれのことでしょう？」

「オランジェットといわれるものです」

すると使者は、ことの原因を話し始める。

どうやら、ペイスが王家に贈ったお菓子が原因だという。

どういうことかと首をひねるペイス。

「あれに、どうやら優れた美容効果があると」

「あ……」

言われて、気づいた。

つい先日、実験結果が出たばかりではないか。

仮説として、魔力の籠もった土地で育ったものは、効果が増幅されると。

カカオは美容にいい。

亀の背中からもぎ取ってきたカカオに、何かしらの美容効果があったとしたら。

それはさぞ効果も大きいことだろう。

「更に、あれは特別なもので、数もないという話でした。どうしてもそれが欲しいと思われていたらしく、お二方が譲ることもなく」

「数の限られるものを取り合っている。物が物だけに、どちらも引く気はないということですか」

大亀からもぎ取ってきたのだから数がある訳もない。

珍しいものだから、おすそ分けとして王家に献上したのだ。

もう一回くれと言われても、ない袖は振れない。

だが、本当にもうないことを知らないのなら、限られたお菓子を確保しようと動くこともあるだろう。

「今後はどうされるのですか？」

「……正直、火種は燻《くすぶ》っております」

王妃たちが求めているのが、ペイス謹製の〝美容効果のあるお菓子〟だとすれば、これからも争いごとは続くだろう。

まして大亀のカカオは「若返り」の効果があるという疑惑まである。

本当に若返るお菓子があるなら。

それこそ女性は絶対に譲らない。
王妃二人を納得させて和解させることなど、不可能に思える。
使者は、またご迷惑をかけることもあるかもしれないと済まなさそうな顔をする。
しかし、ペイスは違う。
「……僕に、いい考えがあります」
ペイスは、にやりと笑った。

秘策

王宮の一室。
貴族であれば借りられる部屋の中で、一番上等な部屋。
そこに、綺麗な姿勢で佇む少年が一人。
「この度はよくおいでくださいました」
ペイストリーである。
彼は今日、お茶会のホストなのである。
レーテシュ産茶葉の最高級品を用意し、ペイスお手製のお茶菓子を用意したお茶会。
モルテールン家の用意できる、最高の持て成し。

この、ペイスが手を回したお茶会。

参加者は、バチバチとにらみ合う犬猿の仲。

エルゼカーリー＝ミル＝プラウリッヒ第一王妃と、エミリア＝ミル＝ウー＝プラウリッヒ第二王妃である。

ちなみに、普段なら金魚の糞のごとくついて回る取り巻きはいない。

二人だけを招待した。

先日の乱闘のこともあった為、王妃二人はペイスの招待にそれぞれ快諾してくれた結果、今日のお茶会開催と相成った次第である。

「この度はご招待いただきありがとうございます」

「ペイストリー＝モルテールン卿のご招待とあって、喜んで伺いましたわ」

護衛の騎士はそれぞれにつけたままの二人を、お茶会の為に席へと案内するペイス。

といっても、それほど広い部屋ではない。

序列どおりにまず第一王妃の椅子を引いて座ってもらい、次に第二王妃を椅子に案内してエスコートする。

ちなみに、テーブルは円卓。

中華料理でも出てきそうな大きな円卓だが、残念ながら回転テーブルは載っていない。

白い布でテーブルを覆い、更にその上には三段重ねのトレイでお菓子が並び、ついでに花も飾ってある。

実に見た目としても華やかな場である。

ペイスも椅子に座り、全員の前にお茶が給仕されたところで、お茶会が始まる。

ちなみに、本日の給仕は王宮からのレンタルである。

「モルテールン卿、改めて本日のご招待感謝いたします。そして、先日の件、心から謝罪いたします」

「私からも同じく、ご招待いただいたことに感謝し、ナータ商会での一件について真摯に謝罪いたします」

王妃二人が、しっかりとペイスに対して頭を下げる。

それを受け、ペイスもしっかりと笑顔で応える。

「お二方とも頭をお上げください。本日は楽しくお話できればと思ってご招待した次第です。先日の件は、ご丁寧に謝罪いただきました以上、済んだことと思っております」

ありがとうございますと、両者の口から礼が述べられる。

そして、お茶会はまず無難な話から始まった。

「モルテールンといえば、お菓子が有名でしょう？　今日のお茶会にどんなお菓子が出るか楽しみでしたの」

エルゼカーリー王妃が、とても楽しそうな顔になって会話の口火を切る。

ペイスの作るお菓子の美味しさは噂になっているので、きっと今日のお菓子も美味しいだろうと期待していたという。

実際、噂になっていたのは真実であるし、モルテールンのお茶会というなら新作のスイーツがあるのではないかと期待しているところもある。

「今日は、折角でしたので温かいスイーツをいくつかご用意いたしました」

「まあ、温かいスイーツなんて嬉しいわ」

「本当、とても季節に合っていると思います」

ペイスが用意したスイーツは、どれもペイスが直前に焼き上げ、或いは作り上げ、魔法を使って運んだもの。

まだできたてで、どれも熱をもったまま配膳される。

例えば、アップルパイ。もといボンカパイ。

リンゴがこれ以上ないほど柔らかく煮られ、それに温かくとろみのある餡《あん》のようなジェリーが覆い、パイ生地に包まれている。

とろっとろの中身が、パイ生地のサクサク感と合わさってとても美味しい。

リンゴの酸味と、砂糖の甘さと、そしてパイ生地の塩味。

三位一体の渾然とした味わいは、贅沢《ぜいたく》に慣れた王妃でも口元をほころばせる程美味い。

他にも、いくつかペイスが手作りしたスイーツが並んでいる。

タルトタタンも並んでいるし、パネットーネも並んでいる。

ラインナップは、今までモルテールン家が売りに出してきたものが多い。

折角の機会だから、商品の売り込みに活かすという腹積もりなのだろう。

「それで、先日の件ですが」

「あれは申し訳なかったと思いますわ」

「謝罪は頂きましたので、もう良いのです。私は、先だっての件がなぜ起きたのかを正確に知りたくて、今日お二方をご招待した次第です」

「そうでしたの」

第二王妃が、若干バツの悪そうな顔をしたのを、ペイスは目ざとく目の端に捉える。

どちらが喋るか牽制していた風だったが、第一王妃のほうが口を開く。

「実は、先日陛下からオランジェットなるものを下賜《かし》されました」

「はい、そう聞き及んでおります」

「あれはモルテールン卿が陛下に献上されたと聞きましたが、間違いないでしょう？」

国王にお菓子を献上する人間が、そう何人もいては困る。

特に、珍しいお菓子となると、出所はペイスである確率は百五十％だ。一度献上して、更におまけがつく可能性が五十％という意味で。

「はい。確かにオランジェットは僕が陛下に献上いたしました」

「やっぱり」

何か納得した風な二人。

「それが、どうかしたのでしょうか」

「あれは、素晴らしいものです。ぜひ、他にもあるのなら私が買い取りたいですわ」

「いいえ、モルテールン卿。もしも残っているのなら、私が‼」

やはりこれが原因なのだろうか。

オランジェットが残っていれば自分に欲しいと、二人が言い争い始めた。

乱闘こそないだろうが、ここは譲らないという気迫が両者から感じられる。

「ご両者とも、落ち着いてください。実はあのお菓子は、もうないのです」

「え？」

「そうなのですか」

幻のカカオと呼ばれる材料で作ったチョコを使っているお菓子だ。

もう一つ作れと言われても、そもそも材料がない。

厳密には、ペイスが研究用に確保している分はあるが、人にくれてやるような量はないという意味だ。

途端に、心底から残念そうにする王妃たち。

「一体、何故そこまでオランジェットを？」

ペイスの疑問は、そこに尽きる。

他にも過去色々なお菓子を献上してきたが、オランジェットだけをこうして目の色を変えて欲しがる理由は何なのかと。

「あのお菓子を食べてから、肌が十歳は若返りましたの」

「私も頂きましたが、同じく肌も若返って、体も軽くなった気がしますの」

ペイスの背中に、冷や汗が流れる。

うっかり、とんでもないものを広めてしまったのではないかと。

もっと欲しい。あるだけ欲しい。

女性ならば、当たり前の感情だろう。ましてや、美しさが権力に直結する立場。

「本当に、もうないのですか？　二度と作れませんの？」

第一王妃の問いにペイスはうっと言葉に詰まる。ここで嘘をつくことはできない。バレたときに物理的に首が飛びかねない。

「残念ながら、献上したものはもうありません。しかし、もしかしたら似たようなものは作れるかもしれません」

ペイスの言葉に、二人の女性は気色ばんだ。

「本当ですの!!」

「その際は、ぜひ私に」

「貴方は私よりたくさん食べたでしょう!!　ここは私の番でしょう」

「そんなことはないわ。序列から言って私に多く下賜されるのは仕方ないことだもの。それと新しいものは話が別よ」

二人の争いが再燃する。

「ご静粛に。当家としては、今後オランジェットを売りに出す可能性はあります。しかしながら、売る場所はナータ商会になりましょう」

「……それは……困りますね」

ナータ商会は、馬車止めのスペースも広くない。

第一王妃と第二王妃が大勢引き連れて買いに来れば、いずれはまた鉢合わせすることになるだろう。

その先にあるのは、乱闘事件再びである。

「では、こっそりと買いに行くのはどうかしら。普通のお客に扮して、こっそりと」

「隠そうとすれば、必ずどちらかの御方々にご不満を抱かせることとなりましょう」

ならば、両者が来ていることを隠し、お忍びで来ればいいのかといえば、そうでもない。

お忍びで来るには事前に準備が必要で、騎士団や中央軍が市井の人間に扮してこっそり護衛することになっているからだ。

事前に不審者の排除や確認も行われるので、思いついてすぐにとはならない。騎士団の負担が非常に重たくなることを思えば、二人同時というのはあり得ない。どちらか一方の王妃がお忍びで動き、もう片方はその後にとなる。恐らく、一度行けば二度目は最低でも一カ月はあく。

つまり、第一王妃と第二王妃で、色々と日程を調整しなければいけないということだ。

頻繁にお菓子を手に入れようとすれば、騎士団もオーバーヒートすること間違いない。

頻度を減らせとなれば、必ずどちらかが欲しいのに買えずに我慢するという事態が起きる。

両者とも、それは不満が大きい。

「そもそも、オランジェットを一般にも販売するとなれば、効果のほどはすぐにも広まりましょう。そうなれば、当家としては両陛下に取り置くのも難しくなります」

「そんな」

「そこをどうにか。私の分だけでも」

「いいえ、私の分を」

自分たちの分だけ、特別に確保してほしい。

二人の願いは真摯であり、真剣だ。しかし、ペイスは首を横に振る。

「それはできません。当家のブランドの為にも、如何なる方であっても特別待遇はしかねます」

モルテールン家として、譲れない一線である。

「では、売らずに隠してしまえばよろしいのでは？」

「そうですわ。こっそりと私たちの分だけ」

いい考えを思いついたとばかりに、二人は喜ぶ。

だが、どうにも視野狭窄《しやきょうさく》に陥っている様子だった。

「それでは、他の方にバレたときの悪意が、お二方に向かうことになります。隠すのは悪手中の悪手でしょう」

「それでは、どうすれば……」

隠していたのがバレた時、起きる悪意は隠していたことの大きさに比例する。

オランジェットが本当に美容に劇的な効果があるとするなら、隠していた時、そしてそれがバレた時の反発は、とんでもないことになるだろう。

「お菓子の効能が確かで、欲しがる人は多いとしたら。世に出てしまえば、お二方がいくら隠そうとしてもいずれは他の人にバレましょう。肌は隠せませんので」

「そうね、そのとおりだわ」

困った顔の二人に対して、ペイスはいつもどおりのポーカーフェイス。

いや、いつもどおりの悪だくみ顔である。

「ならば、隠さねば良いのです」

ペイスは、二人の王妃に〝秘策〟を授けた。

王妃連合対国王

その日、王宮の国王執務室に、珍しい訪問者があった。

「陛下、折り入ってご相談がございます」

国王に謁見を申し出たのは、女性。いや、女性たち。

王の愛するべき妻たちが、何やら真剣な表情で国王との話し合いを求めたのだ。

今までであれば、何かと張り合い、また反発していたはずの第一王妃と第二王妃。

そしてその派閥構成員の女性たち。

護衛も含めて、三十人は居るだろうか。

どちらか片方の陣営だけがやってくるのなら、すわ讒言《ざんげん》かと怪しむところだが、後宮の二大派閥がこぞって来るとなれば、話は違う。

ずらりと並んだ女性たちに、国王としても後ずさりしそうな圧力を感じる。

どうにも、ただ事でない雰囲気だ。

「いったい、揃いも揃って何事だ？」

「実は陛下、私共は、陛下に忠告を申し上げに参りました」

「忠告？」

第一王妃が、堂々と胸を張って直言する。

王の目線が、普段より少し下なのが、悲しい男の性《さが》であろうか。

「はい。忠告とは真に陛下とこの国を想って申し上げる言葉。受け入れがたいことを申し上げるかもしれませんが、なにとぞお聞き届けいただきたく、こうしてみな罷《まか》り越しました」

「……取りあえず、話を聞こう」

カリソンは、狭量な王ではない。部下の意見でも聞くべきものは聞いてきたし、だからこそ名君ともいわれる。

王妃が揃いも揃って直言というのは珍しいことではあるが、いきなり門前払いすることもない。

話を聞くだけ聞き、その上で判断する。カリソンは、それができる王である。

「さすれば陛下。先だって、この国に大きな幸福が齎《もたら》されました」

「幸福？」

「この国を襲った未曽有《みぞう》の大災害。大龍の襲来《しゅうらい》で御座います」

「それが幸福か？」

ぴくりと王の眉が不快げに動く。

「大龍の被害そのものはとても幸運とは申せません。酷《ひど》く悲しいものでございましょう。亡くなった者たちも多かったと聞きます」

「そうだな」

不快げだった王の顔が、緩む。

これで国民が死んだことまで幸運だと言い出せば、如何に愛妻といえども叱責《しっせき》ぐらいは覚悟させるところであった。

「幸運というのは、その大龍を打倒した者がいたことで御座います」

「ふむ、なるほど」

妻の言いたいことに、首肯して同意するカリソン。

確かに、大龍が出たのは災害として諦めるにしても、それを倒せる人間が居たことは望外の幸運と言えるだろう。

「更に、大龍の血肉は癒やしを齎し、龍の鱗は何やら大きな価値があるものであったとか」

「うむ、そのとおりだ」

オークションによってばらまかれた龍の素材は、王妃は知らないようだが龍金などの特殊な素材となった。

「大龍が出現したこと、それを倒せるものが居たこと、無事に倒せたこと。これはこの国にとって、大きな幸いでございましょう」

「それは、そのとおりだと思う」

確かに、列挙されれば幸運と言って良いだろう。

膨大な富となる怪物、怪物を倒せる英雄、倒したという名声。どれも、神王国としては突然齎されたものであり、幸運というほかない。

「これを為したものは、大いに賞すべきでありましょう」

「うむ、故に称号を与え、大いに賞した」

「そこです」

「ん？　どこだ？」

妻の言葉に、戸惑うカリソン。

「歴史に残る偉業を成し、前人未到の功績を挙げたものに与えるものが、あまりに少なすぎます」

「それは、あいつが辞退したからだぞ？」

実際、褒賞として下賜しようとしたものは他にもいっぱいあった。

だが、金は大龍の素材で大量に稼いだし、与えられるものがなかったのだ。名誉を与えたのは仕方なかった面もあったが、ペイストリー自身が望んだことでもある。

「辞退されたからなど、世人は分かりません。結果だけを見るのが常人というものです」

「うむ？」

「陛下とモルテールン卿の信頼関係を知っているものならば、モルテールン卿が辞退したというのも納得されましょう。しかし、他の者、特に諸外国の人間から見れば、陛下が無理に褒賞を辞退させたように見えるではありませんか」

「ん？　そのようなことはなかろう」

カリソンは、どうにも分からないといった感じで応える。

結構力を入れて広報宣伝したことなので、モルテールンが褒賞を辞退したことは広まっていると思っているのだ。

「いいえ!!　そう見えるのです!!　大きな偉業を為した英雄が、大して褒賞も貰わず満足すると考える人間のほうが希少でしょう!!」

「分かった、分かったからそう大声で騒ぐな。確かに、そのほうの言うことに一理あることは認めよう。だが、褒賞をいらぬと言っていたのは事実だ。どうしろというのか？」

第一王妃の横に居た第二王妃が、大きな声を張り上げて王に詰め寄る。

両王妃は意見が完全に一致しているらしく、口角泡《こうかくあわ》を飛ばす勢いで王に訴えた。

王としても、確かに一定数はモルテールンの褒賞辞退を信じない者はいるだろうと思う。

故に、王妃たちの意見が出鱈目だとも思えない。可能性の懸念という点では、正当な懸念である。

「そこで、私共は提案いたします。王家直轄領クリュシュを、モルテールン卿に与えてはどうかと」

「それは無理だ!!　あの土地は、王家にとっても極めて重要な土地だ」

「だからこそ、恩賞として大きな価値があるのではないですか。やれぬものをやるからこそ、意味があるのです」

王家直轄領クリュシュといえば、王家直轄領の中でも上位に入る豊かな土地だ。

それを与えるというのは、かなり重要な政治決定になる。

王妃たちの言い分も分かるが、これは流石に今即断はできない。

「しかし、王家の直轄地を与えようなどとは……もう少し熟慮《じゅくりょ》が」

断ろう。

カリソンがそう思っていたところで、女性たちが一斉に騒ぎ出した。

「何をおっしゃいますか!!」

「そうです!!　これまでも数多くの功績を挙げたモルテールン卿に報いるというのに、何の遠慮がいるのです!!」

国王としてもたじろぐ勢いで、王妃たちは詰め寄って声を荒げる。

「分かった、分かったから。お前たちのたっての頼みとあれば、善処《ぜんしょ》するとしよう」

「分かっていただければよろしいので」

「おほほほほ」

カリソンは、国王として二十余年の治世を振り返る。

今日この日、彼にとって最も恐ろしい存在というものが、更新された日であった。

オランジェットは騒乱の香り

広大な農地が広がる。

神王国でも屈指の大農園だ。

王家直轄領クリュシュの郊外にあり、その広さは地平線が見える程に広大である。

水はけのよい、それでいて豊饒であるこの土地は、古来から農業の適地として知られた場所だ。

中でも葡萄をはじめとする果樹栽培は有名であり、王都に届く果物の多くがこの土地から生産されたもの。王都の食料事情を支える柱の一本といってもいいだろう。

豊饒の精霊が昼寝をしているともいわれ、王家の直轄地として財政にも大きく貢献してきた一等地である。

しかし、良いことばかりではない。

どこまでも優良な土地だけに、権利関係は相当に複雑になっており、王家を筆頭にいくつかの貴族家が利権を持っていた。

土地からあがる税収は王家、農作物の取り扱いは内務系の宮廷貴族、管理する代官は軍家貴族の常設ポスト。

後宮の力関係でいうなら、王家、第一王妃派、第二王妃派が拮抗《きっこう》して権益を持っているような、厄介な土地。だった。

そう、この厄介な状態は、過去形になった。

「ここを、モルテールン卿に進呈いたしますわ」

「おお!!　感謝いたします」

農地に目を輝かせる銀髪の少年に対し、言葉をかけるのはエルゼカーリー王妃。

この広大なクリュシュの直轄領をモルテールン家に下賜すべく動きに動き、国王陛下に直談判《じかだんぱん》までして見せた才媛である。

誰しもが目を向けてしまいそうな恵体をもって胸を張り、自分の言葉の重要性を分かっているが故の自慢げな態度。堂々たる振る舞いである。


本来、王妃としての立場は、政治的な介入をしないほうが好ましいもの。

船頭多くして船山に上るとの言葉があるように、国の政治を動かす上で、動かし方に口を出す人間が多ければ多いほど、迷走してしまうものだからだ。

王妃というのは、最終的な決定権を持つ国王に対して強い影響力と直言できる立ち位置を持つ。

これは、王妃がその気になって、かつその時の王の意思が弱ければ、国政全てを王妃が動かすこともあり得るということ。これを危険視しない人間は居ない。

また、王家に嫁いで以降は王族として扱われるとしても、嫁ぐ前は実家の影響下にあった訳で、所謂《いわゆる》外戚と呼ばれる人々の影響力もある。

故に、王の妃という立場は厳しい目を向けられがちで、黙って奥に籠もっているならまだしも、表に出て政治を動かそうとすれば、宮廷の中に居る貴族たちは出る杭とばかりに盛大に叩く。過去、そのように宮廷貴族の直接的、間接的な圧力に負け、引きこもってしまった王妃というのも存在するし、その数は数えきれない。

幸いにして当代の国王は名君で知られる意志の強い人物であるし、エルゼカーリー第一王妃も慎みを知る女性であった。

できるだけ王妃は表に出ることを避け、あくまで王を立てて、自分は静かにしておくことが大事だと、よく知っている。

ところが最近、モルテールン子爵家の過去の功績について、とりわけ恩賞について、再考するようにと第一王妃が積極的に動いた。

これは、どう見ても政治的な動きであるし、モルテールン家に肩入れしていると受け取られかねないものである。政治的中立を放棄しかねない、或いは放棄したと思われても仕方ない行動である。

にもかかわらず、動いた。

これは、とても大きな意味を持つ。

本来であれば、敵対している人間がこれ幸いと攻撃してもおかしくない。

第一王妃として相応しくない振る舞いであり、罰を与えるべきだ、などと第二王妃辺りが主張しても不思議はないのだ。

しかし、そうはならなかった。

「私たちも、協力しましたから」

「エミリアさん、その節はありがとう」

「いえ。私たちもやりたくてやったことですので」

「うふふ、そうですわね」

エミリア第二王妃も、エルゼカーリー王妃の労《ねぎら》いの言葉を素直に受け取る。

今回の件は、第一王妃であるエルゼカーリーと、第二王妃であり犬猿の仲と言われていたエミリアが、共に協力していた。

後宮の中にあって影響力を競い合い、時に争いすら起こしていた両者が、双方ともに歩み寄りの姿勢を見せて、譲歩した。

モルテールン家に対する褒賞問題で、明らかにぶつかると思われた両者が合意を形成する。

あり得ないことであると一部界隈では大騒ぎになったのだが、その理由は件のお菓子狂いにある。

「モルテールン卿。これで、〝例のもの〟は安定して作れそうですか？」

「はい、陛下。モルテールン領だけではできなかったことも、この土地であればできるかと思います」

「それは良かった。頑張った甲斐がありましたわ」

「ご配慮いただき恐縮でございます」

例のもの。

即ち、特別な効果を持つスイーツのことである。

科学的な世界ではあり得ない、魔法のような効果がある不思議なスイーツ。食べると体が若返り、肌もハリを取り戻し、唇は乾燥とは無縁のプルプルになり、毛穴は目立たなくなってツルツルになり、皺《しわ》やくすみまで消える。美容を気にする女性にとっては、喉から手が出るほど欲するお菓子ではないか。

勿論、第一・第二の両王妃も欲する人間である。

それはもう、このスイーツを今後も自分たちが手に入れる為であれば、敵対していようが喧嘩していようが、笑顔で握手するぐらいは容易《たやす》いことだ。

ペイスがペイスであったからこそ生まれたお菓子は、材料からして特別な育て方をせねばならない。

その為には、気温も高すぎてはならず、かつ低すぎにもならずに安定していて、水利に恵まれていて、更には〝既に樹木がある〟ことが大事なのだ。

カカオの特性。

陰樹ともいわれるこの特性は、ある程度大きくなるまでは日陰で育たねばならないというもの。

強い直射日光を浴びてしまったりすると、生育がとても遅れ、時には枯れてしまう。

モルテールン領は南部の土地柄、日光は大変強く当たるし、気温もそれなりに高い。しかし、湿度は低めだ。となると、どうしてもカカオの生育には向かない土地柄であったようなのだ。

カカオの育て方などはパティシエの専門外であると、ペイスも知らなかった知識。

しかし今回、王家直轄地を拝領した。

既にある程度の果樹が綺麗に整頓されて植えられていて、カカオを大量に植えようとするならこれ以上相応しい土地もない。

そしてもう一つ。

ペイスが隠している事実がある。

それが、カカオを育てるときに与える魔力についてだ。

魔力を与えることで、育つ作物がある程度通常と違った成長をすることは実験で確かめられた。

しかし、狙った効果を生み出すには、モルテールン領では難しすぎたのだ。

モルテールン領は魔の森に近すぎ、大龍が実際に住んで飛び回り、〝魔法使い〟が大量にいる。

決められた土地を決められた魔力だけでと考えても、余計な影響が多すぎた。

外乱の多い実験は、失敗がつきものと相場は決まっている。

故に、既存の魔力的な影響が薄い土地を切実に求めていた。

魔法のカカオの為に。

「では今後とも、若返りのお菓子はわたくし共に優先して納入するように」

「そうですわ。収める質と量は、同じにしなさいね」

二人の女性が、実に息の合った調子でペイスに詰め寄る。

「承知しております。今後とも、当家とナータ商会を御贔屓ください」

ペイスは、完全な作り笑顔で愛想を振りまくのだった。

◇◇◇◇◇

くつくつと、チョコレートが泡を作る。

厨房《ちゅうぼう》に広がるのは、甘く美味しそうな香り。

「ねえペイス、まだできないの？」

「ジョゼ姉様、もう少しですから大人しく待っていてください」

今にもペイスの手からチョコレートの鍋を分捕《ぶんど》りそうなジョゼを、ペイスが嗜める。

「さっきからもう少しもう少しって、同じ答えばっかりじゃない」

「姉様が堪え性もなく頻繁に聞くからです。見てください。ピー助でもじっと大人しく待ってるじゃないですか」

「あれは餌付けされてるって言わない？　リコちゃんが楽しそうにクッキー食べさせてるわよ？」

「姉様も参加してくれても良いんですよ？」

「ピー助の餌付けはリコちゃんの仕事よ。それより手を動かす!!」

「はいはい。まったく……もうすぐ母親になるのに自覚ってものが」

「なんか言った？」

「いえ、何にも」

モルテールン領で、新作スイーツが生まれたとの一報。それも、摩訶《まか》不思議な若返りの効果があるという情報を得た時。

ボンビーノ子爵夫人ジョゼフィーネは、すわ一大事とばかりにモルテールン領にやってきた。

妊婦の癖に護衛も碌にない状態で街道を爆走してきたというのだから、お転婆《てんば》もいい加減にしろと説教の一つもしたくなる。

速攻で送り返そうとしたのだが、当のジョゼがリコリスたち女性陣と久闊《きゅうかつ》を叙《じょ》し、会話に華を咲かせ始めてしまったので諦める羽目になった。

わざわざやってきた実姉をすぐに追い返すのも風聞が悪いとの意見もあった為、なし崩し的にお泊まりをすることになってしまったのだ。

モルテールン家の内情をとても詳しく知るジョゼだけに、件のお菓子についてもかなり精密な予測をしていたこともあり、ペイスは若返るチョコレート菓子を実際に作ってみせることになった。

ちなみに、対価はカカオの苗木である。

領内に国際貿易港を持つボンビーノ家は、レーテシュ家ほどとはいかずとも、海外と貿易もしているのだ。その上、家中の従士やその部下が森人たちと面識を持っており、カカオ豆がモルテールン家に高値で売れることも知っている。

交渉材料として入手していたカカオの苗木の進呈を交換条件に、若返るお菓子の詳細な作り方を教えてもらうことになったのだ。

ジョゼフィーネもモルテールンの娘だけに、実に強かな交渉をするものである。

「うん、いい感じです。これにコンフィをつけて……」

オレンジの砂糖漬け。コンフィといわれる乾燥したフルーツに、溶かしたチョコレートをつけるペイス。

このコンフィも、勿論魔力を込めた土地で作った特製品を使っている。

抗酸化作用があって肌にいいオレンジを砂糖のシロップで煮ること数度。透き通るような色合いになったフルーツを乾燥させて、そのままでも食べられるようにしたものに、これまた魔力で血流改善効果などが強くなったチョコレートをかけて乾燥させる。

出来上がるのは、見た目も鮮やかなチョコレート菓子。オランジェットである。

なかなかに上手にできたと自賛するペイスの目の前から、ひょいとオランジェットが盗まれる。

ジョゼのつまみ食いだ。

「うん、美味しい」

「姉様、お行儀が悪いですよ」

「本当に美味しいわ。これでお肌もツヤツヤになるなら、言うことなしじゃない。リコちゃんも食べましょう」

ピー助の傍に居たリコリスも、ジョゼに呼ばれてオランジェットを口にする。

「本当に美味しいですね。ペイスさんが作るお菓子は、いつも素敵です」

「そうでしょう、そうでしょう。そう言ってもらえると作った甲斐がありますね」

「香りも素敵ですし、いくらでも食べられそうです」

「それは危険ですね。食べすぎると太ってしまいますよ？　姉様みたいに」

「増えたのはお腹の子の分だからいいのよ!!」

口の中に広がるオレンジの香り。

そして溶け出すチョコレートの甘さ。

オランジェットの味わいは、更なる発展を予感させるものだった。

第三十七.五章

プローホルの結婚騒動

レーテシュ領レーテシュバルの港。ここには常から多くの船が行き来する。

今日も今日とて、大海原の果てに、船影が現れた。港で働く者にとってはありふれた光景だろう。

しかし、目ざといものはハッとする。現れた船がただの船ではなかったからだ。

最新鋭の船である大型外洋船。

はじめは小さな影であったものが、段々とはっきりと視認できるようになっていく。港に近づくころには、誰の目にも正体が明らかとなった。

やがて、船は港に入港する。

ボンビーノ家所有、最新鋭の外洋航海用帆船。その名はジョゼフィーネ号。ボンビーノ子爵が愛する妻の名をつけたという、レーテシュ領にまで噂が届いていた船である。

真新しい船体をゆっくりと岸壁に寄せ、錨《いかり》を降ろして停船する。

「うっし、そのままそのまま。いいぞ、ゆっくりとだ」

「はい、姐《あね》さん」

「よーし上出来だ」

船内に響く大きな怒鳴り声。女性の声だ。

南の海ではちょっとした有名人である、海蛇《うみへび》ニルダことニルディア隊長の声である。元々は海の傭兵として海賊、もとい傭兵団を纏めていた女傑であり、今はボンビーノ家でもその名を轟《とどろ》かす腕利きの水兵。

海蛇という異名も、彼女の個性につけられたもの。女性特有の丸みのある体躯。それでいて引き締まっていて筋肉はしっかりとあり、舐めてかかるとがぶりと噛みつかれ、気づけば自分がすっかりのまれてしまう。大の男に対しても引くことを知らず、前に進むことしかしない。

故に海蛇。

レーテシュバル界隈では、彼女を知らない船乗りはモグリと言って良い。

操船にも定評があり、船員たちもまた彼女の指揮の元キビキビと船の停船作業を行ってた。

よく見知った国際港に船を停めるなど、朝飯前の作業だ。

「モルテールンの、もう降りられるよ」

案の定、あっさりと船を停めたニルダは、船の長に声をかける。

現状、ジョゼフィーネ号の全権を預かる、稀代の問題児に。

「そうですか。それでは早速陸に上がらせてもらいますね」

船から最初に降りてきたのは、まだ年若い青年とそのお付き。モルテールン家の御曹司ペイストリーと、モルテールン家若手従士のプローホルである。

二人は他の乗組員が色々な作業をしている脇で陸地のありがたみを享受《きょうじゅ》していた。

「やっと帰ってきましたね」

まだ足元が揺れているような感覚を覚えながら、背筋をぐっと伸ばしてコリをほぐす少年。

レーテシュ領であるから、まだ本質的には〝帰宅〟とはいえないのだろうが、それでも神王国内に戻ってきたという感覚は大きい。どこまでいっても外国はやっぱり落ち着かないし、それは心臓に毛の生えた図太い神経のパティシエであっても同じこと。

船の中はそれなりに窮屈さがあり、やはり陸の上に自分の足で立つのは良いと、満足げである。

「プローホルもお疲れ様ですね」

「確かに疲れました。色々と、ことが多かったので」

「予想外が多かったのは認めましょう」

当初の航海予定では、森人との間に修好関係を結べれば御の字という話であった。

レーテシュ領に極稀にやってくる不定期な訪問を待つだけでなく、此方からも定期的に相手方のところに出向いていける関係。船というのは水や食料をはじめとして補給が大事であり、目的地に行ってついたは良いが、補給を断られるようならば帰るに帰れなくなる。

最低限、安心して補給を受けられる程度には関係を築いておかねば、おちおち船を送ることもできない。

モルテールン家が王家などに説明した時も、最初は安定して行き来できる関係の構築を、取りあえずは目指すという話だった。

邪険にされない、敵対しない。歓迎はされなくとも、最低限のことが確保できる関係。


ところが、である。

いざ実際にペイスがサーディル諸島に着くと、ことは修好どころではなくなった。

修好を通り越して、通商関係を確保し、更にはとんでもない発見までしてしまったのだ。

プローホルとしても、精神的に疲れること大である。

正直、もう少し手加減というものを覚えてほしいというのは船の乗組員全員の共通する思いだろう。一人を除いて。

「先輩方の苦労が身に沁みましたよ。シイツ従士長が引退してぇってぼやいていた気持ちがよくわかります」

モルテールン家の誇る大番頭は、既に世間では孫がいてもおかしくない年。

引退を考えるに早すぎることはないのだが、普通というものはゴミ箱に投げ捨てられているのがモルテールン家でもある。

「シイツはまだまだ引退なんてさせませんよ。あれだけの人材、引退させるなんて勿体ない」

「従士長も可哀想ですね」

シイツを引退させる気など、毛ほどもないとペイスは断言する。

ただでさえ人材不足甚だしい状況で、魔法使いであり、歴戦の猛者であり、領政に詳しく、部下を統制できる人材など、手放せるわけがないのだ。

ぶっちゃけ、本気で引退と言い出したら、どんな手を使っても引き留める所存である。

「娘が大きくなるまでは、お金も要る訳ですし稼がないとね。年を取ってから子供を作ったツケでしょう。だからもっと早くに結婚しろと言っていたのですが」

下らない話をしながら時間を潰していると、ニルディアがペイスたちに声をかけてきた。

「よう、名物船長。今回の戦利品が粗方《あらかた》まとまったんで、確認してくれるかい」

「流石、早いですね。あと、戦利品ではなく、交易品です。海賊団じゃないんですから」

「別に戦って手に入れた訳じゃなくても、戦利品ってことで良いだろうさ。うちとしては、モルテールンからの預かりもんなのに違いはないんだし、さっさと見てやってくれ。最終確認は偉い人の仕事だ。あんたの仕事が終わらないと、あたしらも羽目を外せないんで、急ぎで頼むよ」

「そうですね。生鮮食料品も多いですから急ぎましょうか」

ペイスは、船に積んで運んできた荷物を検分する。

基本的に食料品が多いのはペイスの趣味がふんだんに詰め込まれている訳だが、それはそれとして外国の珍しいものというのはそれなりに高く売れるもの。

流石に生のフルーツとまではいかなかったが、乾燥させたフルーツや、その苗木は交易品に含まれる。

植物の苗などというのは生鮮品なので、ここでしっかりと確認しておかねばならない。

「ボンビーノ家側の交易品はどうします？」

「ここで全部売っちまうさ」

「良いんですか？　ナイリエまで持って帰れば、それはそれで意味はありますよ？」

「うちの港は、貿易港としちゃぁレーテシュバルに一歩譲るからね。漁港としちゃ負けちゃいないが、物を売りさばくなら、やっぱりレーテシュバルでってのが一番さ」

「なるほど。流石の見識です」

「よしてくれ。ここらの船乗りじゃ常識なんだ。今更褒められても座りが悪いよ」

船を出したボンビーノ家の従士として、ニルダも遊んで帰ってきた訳ではない。

モルテールン家の荷物を運ぶ隙間に、自分たちで買いつけた荷物を載せて帰ってきている。

特に、サーディル諸島ならではの模様の布であるとか、向こうの工芸品などは神王国では高く売れる。

部下を統制するニルダとしても、ここでちょっとばかり小遣いを稼ぎ、部下たちに休暇と一時金を出してやりたいと思っていた。

その為にも、さっさと荷物を確認しろと急かしている訳だ。

「そうそう、あとは精算もしないといけないね」

「精算？　何のです？」

「船内で、あんたらが胴元になって賭けをやってただろう」

「ああ、そうですね」

ペイスが胴元になって行った賭けは、一つならず複数ある。

大したことのない小さい賭けもあるが、一番大きなものとしては「航海中にお宝を発見するかどうか」というのがある。

大勝負を除いた細かいものは、銅貨で何枚かをそれぞれに賭け合い、その日の釣果やらを競ったもの。

大体、誰もが勝ったり負けたりで、大勝している人間も居なければ大負けしている人間も居ない。

問題は、一番大勝負だったお宝についての賭け。

「それじゃあ、配当を配りますか」

ペイスは、細かい賭けの内容と配当を船員一人づつ計算する。

例えばある操舵手は、日々の細かい賭けではほぼほぼ全勝。銅貨数枚とはいえど毎日を積み重ねたものだから、結局トータルで銀貨五枚弱まで稼ぎ、そしてお宝探しで堅実に「お宝は見つからない」に賭けていたので、ここだけ大外し。

最終損益は銀貨五枚の負けになっている。

大勝負に勝っていれば豪遊できたはずなのに、負けたことで航海中の給料が殆どパァになった。何なら借金までしないと払えそうにない。

他の連中も大なり小なり似たような感じだ。

大穴に賭けることを厭《いと》わないリスク受容派は、日々の細かい賭け事で負け、最後の大勝負には勝ってトータルでトントンか、少し負けた程度にする感じ。

堅実に賭けるタイプは、日々の賭けでは勝ち越すものの、お宝探しの賭けでも手堅くいって負け。トータルでトントンか、少し負ける程度になっている。

大きく勝った人間は、唯一、お宝探しの大勝負でドカンと大穴に賭け、一人勝ちをした男。

「プローホル、殆ど総どりですね」

「恐縮です」

プローホルのトータルは、金貨にして二十枚ほど。

金貨一枚もあれば、貧しい家であれば年収にも匹敵しよう。それが二十を超える枚数でプローホルの手に渡される。

これはもう、ひと財産である。

船員たちのプローホルを見る目は、ぎょろついていて並みの人間なら小便をちびりそうなほどに怖い。

自分たちから大金を巻き上げたのが、よりにもよってモルテールンの人間だったのだから当然だろう。

ニルダが一時金を出すと言っていなければ、今ごろ襲われていたかもしれない。

それほどに、一人だけの大勝ちというのは恨まれる。

「かなりの大金ですから、気をつけないといけませんよ?」

若い独身の男が、急に大金を持つ。

現代で言うなら、働き始めたばかりの二十代そこそこの若い人が、何千万円もの大金を手にしたようなものだ。

大穴馬券にボーナス全部突っ込んで勝っちゃったような話だろう。

身を持ち崩すには十分な状況。注意するに越したことはないと、ペイスはプローホルに警告を忘れない。

「そうですね。折角なら、使ってしまったほうが良いかもしれませんね」

元担当教官にして上司の忠告を真摯に受け取った青年は、金貨の使い道をじっと考えるのだった。

◇◇◇◇◇

モルテールン領ザースデン。

古参と呼ばれる従士家の当主にして、モルテールン家の重鎮である男が仕事を終えて戻ってきた。

グラサージュ＝アイドリハッパ。

肌は日に焼けて浅黒く、少々おでこの面積が広めになりつつある中年男である。

モルテールン領内の建築や土木に関しての業務を一手に引き受けており、例えるならばモルテールン家の国土交通大臣のような立ち位置だ。ついでにいえば弓を取っては領内随一の腕前であり、有事の際の領軍の指揮官としても頼りにされている存在でもある。

シイツ従士長やカセロール子爵と比べると年が若干下で、古参と呼ばれる中では最も若い。彼の父親がカセロールの開拓初期からの部下の一人だったことから、息子であるグラサージュもそのままモルテールン家に雇われた形。

開拓当時は、まだ十代のカセロールやシイツと比べても年が上だった先代アイドリハッパ家当主は大いに頼りにされた。必然、当代のアイドリハッパ家当主でもあるグラサージュも頼りにされている訳だ。年配者組の中では一番若いという点で若手と上層部の仲立ち的な立ち位置でもある。

毎日工事現場の監督や、計画策定のための調査で忙しくしており、今日もザースデンに戻ってきたのは日も沈みかけているころだった。

「グラサージュさん、今少し良いですか？」

「おお、いいぞ。どうした？」

領内移動の為の馬から手綱やらを外し、世話役の人間に預けたところで、グラサージュは呼び止められる。

呼び止めたのは、若手の一人。プローホルであった。

「相談があるんです」

何やら、真剣な表情をしている後輩に、グラサージュは軽い口調で話しかける。

「時間かかる感じか？」

「ええ、まあ、少しかかるかも？」

「そうか。それじゃあ、飯でも食いながら話そうか」

グラサージュも今日は忙しかったので、昼食がまともに取れていない。

適当な何かを齧っていた気もするのだが、何を齧ったかを思い出せない程度にはおざなりの食事だったはず。

つまり、今はお腹がすいている。

どうせ相談を受けるというのなら、飯を食べながらのほうが良い。空腹がそう訴えかけている。

たまには若手と飯を食うのも悪くなかろうと、グラサージュはプローホルを食事に誘う。

「奢《おご》りですか？」

「お前、相談持ちかけてきておいて集《たか》るのか。その図々しさは、誰に学んだんだ？」

同僚と飲みに行くので夕飯は要らないという連絡を家に走らせるのは忘れない。恐妻家、もとい愛妻家のグラサージュ。

妻への気配りを忘れたりはしないので、馬番の少年に小遣いを握らせて、遅くなる旨を知らせた。

これで、ゆっくりと飯を食っても怒られることはないだろう。

何度も繰り返せば怒られるかもしれないが、たまにであれば大丈夫。のはず。

微妙な不安を覚えつつも、飯に行くため気持ちを切り替えた既婚者。

「誰に学んだのかといえば、グラスさんやシイツさんじゃないですかね？」

「お前、そこは俺を外しとけよ。俺はそんなに図々しくないぞ？」

「そういうことにしときましょうか？」

「おう、そうしとけそうしとけ。上の連中はみんな図々しいっていうかふてぶてしいから、俺ぐらいは謙虚で素直に生きないとな」

はははと笑いながら、グラサージュはプローホルを連れて飲み屋に移動する。勿論、後輩に頼られたからには奢っても構わないというつもりで。

モルテールン家の従士はそもそも相当に高給取りであるし、役職者にして古参従士家であるグラサージュの俸給は更に一段二段上だ。何なら、月給換算でちょっとした年収になりそうなほど貰っている。

世が世なら、年収数千万プレイヤーだ。

後輩に飯を奢ったところでぐらつくような財布事情ではない。気前よく、プローホルにも御馳走することにした。

入った店は飲み屋件食事処。

お酒も出す食事処というほうが正確かもしれないが、飯を食うことをメインにしている客のほうが多く、酒はそのついでといった感じ。

「この店は、俺のおススメだ」

「そうなんですね」

プローホルが店を見回しながら、奥のほうまで進む。

店の奥の席は、どうやらグラサージュのような立場の高い常連用にいつも空けておいてくれているらしい。

「ここはメニューがないんですか？」

「ないな。店員に適当に伝えるんだ。肉が食いたいとか、ガッツリ食いたいとか、あっさりしたものをとか。そういう感じで伝えると、適当なものを出してくれる。ちなみに、酒の注文は別だ」

「へえ」

神王国でも、王都あたりではよくあるタイプのお店だ。

店の中にメニューを置いておらず、基本的には店にお任せ。客も、注文をするときには「とりあえず飯と酒くれ」などと注文すればいい訳で、文字の読めない人間も多い王都では割と下町に多いスタイル。

モルテールン領でも、まだまだ識字率は低い。

教育政策として子供たちに勉強をさせていたりもするモルテールン領だが、それでも文字を読み書きできない人間もまだまだ多い。

口頭注文スタイルが流行るのも、当然といえる。

「ちなみに、俺が居るときに肉を頼むと、一番いい所を出してくれるんだ」

「へえ……職権乱用ですか」

「バカ言うな。無理強いさせたら、俺が若様や従士長にどやされるだろ。この店ができるときに色々と世話焼いてな。そのお礼だからと気遣ってくれてるんだ。最初は酒をタダにするだの特別料理を出すだのと言ってきたのを、断り続けて今の状況に落ち着いたんだ。赤字にならない程度で、良い肉を出す」

「なるほど」

モルテールン領でお店を出そうと思えば、必ずグラサージュを通すことになる。

そもそもお店を出す土地の確保が、領主家によってきっちり整理されているからだ。

元々何もない土地を切り開いて作ったモルテールン領の各村、各街は、都市計画が他の領地よりもはるかにしっかりと決められている。

水の管理や下水の管理をちゃんとやらないといけない土地であったことも理由の一つだが、開拓地ゆえに土地の全てが領主家のものであったことも大きい。

そして、土地の管理や整備について、最も大きな権限を持っているのは、領主を除けば土木担当のグラサージュになる。

この店を建てるとなった時も、店主はグラサージュに土地の相談をした。

できるだけ良い所に、店を出したいのだと。

ところが、店主は商売についてはド素人だった。

土地の確保以前に、どんな土地でどういう商売をすればいいかすら分かっていなかったのだ。

やむなく、グラサージュが良い土地を見繕ってやり、商売のやり方についてもかなり口を出して教えてやった。

酒の仕入れについても懇切丁寧にやり方を教えて、モルテールンさんのモロコシ酒の入札の手続きのやり方などもしっかりと教えてやったのだ。

今の繁盛があるのは、全てグラサージュのお陰であると、店主は感謝している。

故に、グラサージュが店で注文すると、店で出せる最高のレベルで料理が出てくるのだ。

「良い肉の御相伴に預かれるなら、得したな」

「そうだ。俺のお陰だから感謝していいからな。ちなみに、ここで美味い料理を食った奴は、この店が良い店だと宣伝する義務が発生する訳だが」

「流石に、タダで美味しい話はありませんね」

「ははは、持ちつ持たれつってことさ。お？　酒が来たな。それじゃあ乾杯」

「乾杯です」

酒に煩い連中が偉い人に多いモルテールンだ。

煩い人間の一人たるグラサージュがおススメするだけあって、乾杯して流し込んだ酒は実に素晴らしいのど越しである。

「美味い!!」

「そうだろう、そうだろう。料理も期待していいぞ」

しばらくの間、プローホルとグラサージュは食事を取る。

他愛もない雑談やら、食事と酒の品評やらを行っていれば、腹も満ちて酔いも軽く回り始める。

グラサージュが自慢げに言っていたのは嘘ではなく、料理はとてもいいものが出た。いいとこの肉を丁寧に処理して焼いた肉料理であったり、仕込みに何時間もかけているであろう、数量限定売り切れ御免の煮込み料理であったり。

どれをとっても頬っぺたが落ちそうなほど美味い。

当たりと外れが料理にあるとするのなら、間違いなく当たり。寸時の迷いなく断言できるほどに良い料理だ。

酒も美味い。

モルテールン産の酒であることは、流石に従士として分かる。酒のグレードも何段階か分けられているのも知っているが、出された酒は貴族に出しても恥を掻かないグレードの酒だ。

貴族に出せるグレードの酒。文句なくイケる。

飯も腹に入って落ち着いたころ。

「それで、相談ってなあ何だ？」

三杯目の酒をぐびりとやりながら。

グラサージュはプローホルに今日の本題を尋ねる。

「確か、ザースデンの不動産関係はグラサージュさんが担当してましたよね」

「ああ。土地の売買は開発に関わるからな」

水路を引いたり、水路の水を汚す商売は水路の下流に配置したり。

家畜の放牧は町の上手《かみて》、水路の蒸留では行わないようにさせる。

などなど、土地の利用については明確な指針というものがあり、それを管理しているのはグラサージュだ。

「実は、土地が欲しいんです」

「土地？」

若者が、土地を欲しいという。

これに怪訝な顔をするグラサージュ。

「何するつもりだ？」

「家を建てようと思っていまして」

「家だぁ？」

プローホルの言葉に、驚きを隠せないグラサージュ。

家を買うなどというのは、普通は簡単に決めるものではない。

じっくりと熟慮を重ねて行うものだ。

何より、モルテールン家の従士は、望めば家を借りられる。

わざわざ家を買おうなどというのは、かなり奇抜な意見にも思えた。

「まあ、土地を確保する分には構わないが……。一応、上にも報告しておくぞ？　お前から報告しても良いが、俺からしておいたほうが面倒もないだろう」

「はい、それはお願いします」

食事も終わり、店の前で従士二人は別れて帰宅する。プローホルが独身用の部屋に住み、グラサージュが既婚者として自分の家に住んでいるのだから、自然とそうなる。

グラサージュは、プローホルの相談事が意外な内容だったことを反芻しつつ、言われた内容に思考を巡らせる。

「しかし、家ねえ……」

酔っぱらった頭では大したことを思いつけるとは思わないが、それでも帰り道、ふと思うことがあった。

「もしかして、結婚相手でもできたか？」

しこたま酒の入った頭で考えながら、グラサージュはぴたりとパズルが嵌まったような気分になった。

◇◇◇◇◇

「おい聞いたか」

「何をさ」

「プローホルの奴が、所帯を持つってよ」

モルテールンの従士が屯《たむろ》する飲み屋の一角。

プローホルの同期である連中が、たまたま顔を合わせた。

忙しい連中ではあるのだが、若手ということで休みや仕事終わりの時間がかち合うことも多い。

その上で、美味しい料理を出すお店というのは数が限られる訳で、従士が出入りしても問題ない格式のお店というのは更に少ない。

必然、仲間内でそうと図った訳でもなく集まってしまうのだ。

今日もそんな日だったのだが、集まった者の一人が開口一番、聞きたてほやほやの噂話を持ってきたのだから、今日の話題はそれで決まりである。

「プローホルが？　確かな話なのか？」

「あいつが結婚？」

「うわぁ、マジで？　どこ情報よ」

モルテールン領は、目下スパイの見本市である。スパイの目的は多種多様。

急速に発展する経済、右肩上がりを続ける生産力、明らかに人口比に合わない数の魔法使いの存在、大龍。

他領や他国からすれば、どれ一つをとっても値千金の情報だ。

また、ペイスやシイツをはじめとする有名な魔法使いの詳細なスペックなども、調べられれば大きな価値がある。

ペイスには『絵描き』という二つ名があり、どういう条件ならどこまで詳細な絵を描けるのか。調べられれば、ペイスの魔法で描いたとされる絵についての真贋《しんがん》を調べられる。

或いはシイツの【遠見】がどこまで遠くのものを見られるのか。最低限、どこそこから何々までの距離は見られる、などという情報を更新していけば、限界距離を測ることも可能だろう。

また、シイツに関しては『千里神眼』などという御大層な二つ名もある。未来を予知できるとの噂も流れており、この情報の正誤を摑むのは、諜報員であれば大きな意味を持つ。

現在駐留している国軍の情報だって、詳細を調べればそれなりに価値を生むものだろうし、何なら往来している商人の顔ぶれを調べるだけでも、得られる情報はある。

一事が万事、情報の塊。

スパイの取り締まりがザルであることも手伝い、モルテールンはスパイにとって天国ともいえる最高の仕事場なのだ。スパイを送り込めば送り込むほど、有用な情報がわんさか。

人手は幾らあっても足りないとばかりに、各所から人が送り込まれる。

それはもう、石を投げればスパイに当たるレベルでうじゃうじゃと間諜が居るのだ。

では、モルテールン家はそれをどう見ているのか。

基本的にモルテールン領の情報を盗もうとするのがスパイたちの仕事だが、モルテールン上層部から若手従士たちに教育されているのは、〝偽情報〟や〝噂話〟の流布を警戒するようにということ。

情報を盗んでいくだけなら、モルテールンが本当に隠したい情報以外は好きに持っていけというのが当家の方針。物事は、隠そうとすればするほど怪しく見えるものであり、逆にあけっぴろげにしていると警戒感が薄れるものなのだ。

元々人手不足甚だしいモルテールン家では、完全な情報封鎖はどうあっても物理的にできないという事情もある。

ならば、本当に大事なところだけは厳重に守り、あとはもう仕方ないと考えて開き直るのがモルテールン流。というより、ペイス流。

だがしかし、情報を持っていかれる分には目こぼしできても、情報を流されるのは困る。情報はコントロールできてこそであり、領主家の制御下にない情報は扱いに困るというのが本音。

情報の制御に一家言あるモルテールン家だからこそ、領内を荒されないようにプロパガンダへの警戒を厳重にしている。

従士たちへの教育も、セキュリティ教育の一環。

常日頃から「噂を聞いたら疑ってかかれ」と教えられている若手たちは、仲間が仕入れてきた〝噂話〟も取りあえず疑う。

「いや、これは出所確かな話なんだって」

「出所？　誰情報よ」

情報の精度の確認は、徹底して教えられる基本スキル。

正しい情報かどうか確認する方法は幾つかあるが、その一つは情報元の明示。

情報というものは必ずバイアスがかかっていて、大なり小なりベクトルが存在する。

できるだけ一次情報に近しい情報であるほど精度は高く、情報提供者のベクトルを計算することも容易い。

「グラスさん。直接俺がこの耳で聞いたんだ。確かな情報元だろ？」

「マジか⁉」

同期は、自信満々に情報ソースの開示を行った。つまり、グラサージュから聞いた話だと。

グラサージュからの情報というなら、確かに信憑性《しんぴょうせい》は高い。

そもそもグラサージュ自身の性格として、わざわざ後輩に嘘を教えたりすることはあり得ない。

また、いい加減な情報を根拠なくしゃべる人間でもない。

割と真面目に、大よそ確からしいと確信できることしか話さないタイプの先輩が、グラサージュだ。

俄然、プローホルのゴシップについての期待値が上がる。

湧き上がる従士たちは、情報を持ってきた奴に対して前向きに乗り出す。

「で、結婚相手はどこの誰ちゃんよ」

やはり、結婚だの恋愛だのというゴシップなら、気になるのはお相手だろう。

プローホルの結婚というなら、誰と結婚するのか。

ここが一番気になる。

「それは分からん。結婚相手の話までは聞いてないからな」

「なんっっっっだそれ!!」

一番肝心な情報を聞いていない。

同期一同、そんな適当な情報を持ってきた奴に対して、口々に不満を言い始める。

お互い気やすい関係だからこそ、文句を言うのにも遠慮がない。

言われたほうも、まあまあと周囲を落ち着かせ、焦ることもなかった。

「まあ聞けって。プローホルが新居の準備を始めたってのは、間違いないんだ。グラサージュさんに、プローホルが家を建てる用の土地の確保を相談したってんだから。普段グラスさんの下で土地の区割り資料作ってるの、俺だぜ？　これ以上ないほど確かな話よ。プローホルの新居ってのは」

「おいおい、結婚もまだのうちから新居の準備だ？　あいつは順序ってもんを知らないんじゃないか？」

「いやいや、腐っても士官学校の首席様だぞ？　きっと入念に根回しや下準備をして、勝てる用意を整えてから戦いに臨もうってんだろ」

「わはは、流石だな」

新居の準備。

なるほど、結婚をするというのなら、新居の一つも欲しがるだろう。

というより、独身者に部屋を貸してくれるモルテールン家の福利厚生を思えば、わざわざ家を買うなどというのは、よっぽどの理由がなければやらない行為ではなかろうか。

つまり、結婚だ。

同期たちは皆、既にプローホルが結婚するということを疑わなくなっていた。

「しかし、よく新居を買うなんて思い切ったことするな」

重ね重ね、プローホルの行動は不可解なものである。

彼ほどの立場になれば、ちょっと言えば部屋ではなく家を貸してもらうことも楽勝だ。モルテールン領内に新築の家が何軒も確保されているし、土地も一等地から番外地まで、各種取り揃えて公有地がたくさんある。

百歩譲って、結婚する時に奥さんから新居を強請られるのは理解しよう。しかし、強請られて家をポンと買おうと考えるのは、おかしい。

　ことの善悪や常識非常識を問う以前の話として、そんな金があることが異常だ。

「全くだ。どこにそんな金があるんだか。あいつの実家が金持ちとか？」

「いや、プローホルの実家は大して金持ちってこともなかったな。嫁さんのほうの実家が援助してるんじゃね？」

　プローホル当人の収入状況は、同期の面々も大凡《おおよそ》分かっている。

　お互い同じだけの給料をもらっている訳だし、特別な手当についても報酬があれば連絡ぐらいは回ってくるのだ。

　今までの収入の総額など、軽く計算で出せる。

　ただ、計算したところで、流石に家を買うほどに貯金があったとは思えない。いきなり借金をするような性格でもないだろう。

　となると、金の出所はプローホル以外からと考えるのが正しそうだ。同期たちは、うんうんと推理に頷く。

　当人が出せないなら、きっと嫁さんのほうが出したはず。

　普通に家を借りられるのに、わざわざ自分たちの家を買う。お金持ちならやれるかもしれない。

「ああ。ってことは、プローホルの相手はそれなりにいいとこのお嬢さんってことか」

「逆玉《ぎゃくたま》の輿《こし》って奴？」

「なんだそれ」

「ペイス様が前に言ってたぞ。玉の輿ってのは、金持ちに女が嫁ぐこと。男が金持ちの嫁さん捕まえるのは、逆玉の輿っていうらしい」

「へえ、それなら確かにプローホルのは逆玉の輿か。略して逆玉だな、逆玉」

ペイス発の謎単語について。

同期たちの間であっというまに広がる。

玉の輿という言葉。そして、逆玉の輿という概念。

お金持ちの人と結婚して、自分も富裕層の仲間入りをするというのだ。羨ましいったらない。

益々、結婚する相手のことが気になりだした一同。

「よし、それじゃあ各自、プローホルの相手について、情報収集をしようじゃないか」

「賛成!!」

飲み屋の中は、その日大いに盛り上がった。

◇◇◇◇◇

ザースデンの領主館。

領主代行のペイスが、部下を一人呼び出した。

近頃領内ではとても噂になっている、プローホルである。

「忙しい中時間を取らせましたね」

「いえ」

呼ばれた青年は、自分が呼ばれたことに心当たりがなかった。

仕事はきちんとしているし、ミスも殆どない。仕事っぷりは、従士長にも褒められるぐらい上手いと自負するところ。

一体何を理由に呼び出されたか分からないので、怪訝そうな顔をしっぱなしのプローホル。

「実は一つ、貴方に聞きたいことがあって呼び出しました」

「聞きたいことですか？」

「ええ。聞きたいことというのは他でもありません。貴方について流れている噂についてです」

「噂？」

モルテールン領内の噂話は、基本的には全てペイスの耳に入る。

そうなるように、情報網を整備しているのだから当然だ。

スパイ天国にしているのは、情報を集めていても不審がられないという点で利点もあるから。

今日は、ペイスの目の前にいる若者について、情報網に色々と引っかかってきたことの確認である。

「プローホルが結婚するのではないか、という噂です」

「ええ⁉」

プローホルは、全く身に覚えのないことを言われて驚いた。

「違うんですか？」

「違いますよ。相手もいませんし……」

「ふむ……」

火のない所に煙は立たぬというが、プローホルの結婚の噂についてはペイスとしても怪しいと思っていたのだ。

実際、噂の大本を辿れば原因ははっきりしている。

「では、何故家を買うなどと？」

新居の購入というのが、噂の大元。

プローホルがギャンブルで大金を稼ぎ、その稼ぎで家を買おうとしている。

何を目的としているのか。ペイスとしても、噂の真相ははっきりさせておきたい。

「……正確には家が欲しい訳ではなく、建てたいものがあるのです」

「建てたいもの？」

プローホルは、ペイスに自分の想いを告げる。

土地の確保をグラサージュに願ったのは、家を建てる土地が欲しかったから。より正確には、建物を建てたかったから。

何の建物を建てるのかと問うペイスに対し、プローホルは恥ずかしそうに答える。

「図書館です」

ペイスは、ギャンブルでも見せたプローホルの先見の明に、改めて驚くのだった。


王都モルテールン別邸。

こぢんまりした、貴族としては小さなお屋敷には親子が揃う。

モルテールン子爵カセロールと、その息子のペイストリーだ。

領主代行という肩書を持ち、領地運営の責任の一切を父親から委任されている息子が、王都に頻繁に来るというのもモルテールン家ならでは。【瞬間移動】の魔法というのは、つくづく汎用性と利便性に富む。

故にこそ、特段構えることなくリラックスして親子は対面していた。

「父様、お忙しい中お時間を取らせてしまい申し訳ありません」

「構わんよ。お前がどうしても相談したいということだからな」

ペイスから、父親に対しての面会要求があるのは珍しいことではない。

領地の運営について全てを任せていることもあって、定期的な報告もあるし、それでなくとも何かとトラブルに巻き込まれやすい息子について、報告せねばならないことが起きることも多々ある。

何なら今回の面会要求については、特に急ぎという様子ではなかった分だけ心に余裕があったぐらいだ。

慣れというものは恐ろしいものである。

「王都の様子は如何ですか?」

「慌ただしいぞ。お前の贈った例のお菓子が、文字どおり奪い合いになっている」

「それはそれは」

ペイスが最近王家に贈ったオランジェット。

試作の意味合いも多分にあったのだが、魔法的な〝若返り〟の効果を発揮したことから、高貴な女性の間で信じられないほどの争奪戦が起きた。

結局、ペイスが王家の直轄地を分捕って量産するという斜め上の解決法をひねり出したことで騒動は沈静化したのだが、土地を貰ったとして、すぐに魔法のお菓子が量産できるわけもない。

既にあるお菓子について、取り合いは徐々に大きくなってきているというのがカセロールの見方である。

尚、唯一このオランジェットを確実に手に入れている女性が居る訳だが、彼女はカセロールとペイスにとって頭の上がらない女性であるため、やむを得ない。

ペイスとて、母には勝てないのだ。

「それで、今日の本題は何だ？　王都の様子を聞きたくて来たわけではなかろう？」

「実は、プローホルについてご相談があります」

ペイスは、世間話もそこそこに本題を切り出す。

内容は勿論、今モルテールン領内で噂になっている従士について。

「プローホルの相談？」

カセロールは、名前を言われて該当者を思い浮かべる。

まだ若い従士であり、寄宿士官学校でペイスが手塩にかけて育て上げたという優秀な人物だったと思い出す。

才気ある、将来性豊かな人材となれば、これからのモルテールンの未来を担う幹部候補生だ。

カセロールとしても、自分やシイツはそろそろ引退する年だと考えている。カセロール自身はペイスが居る為、楽隠居も可能だろうが、シイツに関しては後継者というのが中々難しい。

次世代の有能な管理職候補として、プローホルについては期待も大きい。

それが問題でも起こしたのかと、身構えてしまう。

「はい。彼が、本来領主家が行わねばならぬことに私財を投じると言っております」

「行わねばならぬこと？　具体的には何だ」

「図書館です」

「なるほど、私設で図書館を建てようとしたのか」

「はい」

ペイスは、本が大量生産されていて、何なら電子書籍というものが存在する世界を知っている。

しかし、神王国においては、いや南大陸においては、書籍というものは高級品である。

一冊一冊を手作りしているというのもあるし、印刷などというものが存在しないからこそ、本というものは嗜好品や娯楽品というよりは芸術品になってしまう。

数を揃えるだけでも大変な本。それをたくさん集めて、一か所に収蔵するというのだ。

カセロールの素人考えでも、相当に金がかかりそうなことである。

私設で行おうというのなら、かなり豪儀な話だろう。

「私設で図書館という是非は脇においても、よくそんな金があったな」

若い従士が、大金を持っている。

まさかとは思うが、カセロールには不正という言葉がよぎる。

ペイスやシイツが領地を運営していてそんなことはあり得ないとは思うのだが、領主として従士が職権を乱用して私腹を肥やしている可能性を考えないわけにはいかない。

どうやって図書館を建てようと考える程の金を稼いだのか。図書館を建てることの是非を問う前に、確認しておくべきことだろう。

ペイスは父親の懸念を理解しているので、プローホルの事情について説明する。

「実は、プローホルを連れて航海に出た時なのですが」

「うむ」

「船内で、船員たちが無聊《ぶりょう》を慰めるために賭け事を始めまして」

「まあ、ありがちな話だな」

カセロールは生まれも育ちも生粋の神王国人。それも、軍人だ。

戦いに赴くに、運試しを行う仲間はたくさん見てきた。運を試すのに、一つ賭け事でもしようじゃないかと言い出す人間が居るのは、元々傭兵であった連中ならばむしろ当然に起こりうる。

そもそも軍人というのは、幾ら鍛えに鍛え、用心深く行動していても、死ぬときは死ぬ。流れ矢に当たって、勝ち戦なのに死ぬことだってある。当日の天候一つで勝敗が決まって、敗残兵として殺されることだってあるだろう。死ぬときは、本当にあっさりと死ぬ。

死なない人間は、負け戦でも何故かしぶとく生き残る。周りでバタバタ死んでいくのに、自分だけは何とか命からがら助かった、などという経験談はありふれたもの。

そういう経験を何度も繰り返していると、幸運と不運の存在をとても強く意識してしまう。生存者バイアスというものもあるのだろうが、運のいい人間が戦場で生き残るという信仰は、軍人たちの間ではかなり根深いものだ。

故に、神王国の軍人はとても信心深い。

いざとなれば運の差で生死が決まるとなれば、神頼みだって験担《げんかつ》ぎだってやれるものは全てやる。賭け事をするのだって、生き残るのは幸運な人間であるという思い込みからだ。自分は生き残ると信じたい。だから、運がいいことを証明したい。ならば、ギャンブルで試してみよう。

こういう発想だ。

ありがちとカセロールが言ったのは、軍人だからこそだろう。

「それで、賭け事の内容が『僕がお宝を見つけるか』というものだったのです」

「ははは、それは面白い内容だな。私も一口賭けたかったぐらいだ」

賭けの内容を聞いたカセロールは、呵々大笑《かかたいしょう》する。

ペイスが海に出てお宝を見つけるかどうかを賭ける。何とも愉快な話だ。それが賭けになるというだけでも、ペイスの非常識さをボンビーノ家の船員たちが理解していたということなのだから。

「他の連中が、海賊のお宝を見つけるに決まっているだの、いやいや宝なんて簡単には見つからないだの、何なら聖国の船からお宝を奪うに違いないだの、銘々勝手に賭けるなか。プローホルは『金銀宝石以上の、誰のものでもないお宝を見つける』と言い出しまして」

「ほう、それはまた大胆な予想だったな」

「ええ。賭けた当初は皆が笑ったぐらいです。金銀宝石以上のお宝など、それこそ完璧に無事な最新鋭艦でも転がってるのかと」

「さもありなん」

普通、お宝というなら金貨や宝石が該当する。

海賊だのなんだのが仮にお宝を隠していたとして、結局は分かりやすい金目の物を貯めこむに決まっているのだ。

船乗りにとって価値があり、金貨や宝石以上となれば、大きな船の一艘でもタダで手に入るような状況ぐらいしかないと、賭けに参加した人間は大笑いしたものである。

全く無事なのに、乗組員が誰もいない船が、都合よく見つかるはずもない。空から金貨が降ってくる確率と大して変わらないだろう。船員たちが笑ったのも頷ける話だ。

カセロールとしても、笑った者たちの気持ちがよくわかる。わかるのだが、それでも結果を知っている身からすれば、笑い事ではなかったと可哀想にも思えた。

「結局、僕は『幻のフルーツ』を発見しました。誰がどう見ても、金銀や宝石以上の価値がある、お宝です」

「確かに。実際、今王都で争奪戦が始まっているのだからな」

幻のフルーツ。唯一無二のカカオ。伝説の若返る果実。

何をどう取り繕っても、それが金銭的価値に代えがたい、物凄い価値を持ったお宝であることは明らか。

しかも、誰かが占有していたということもない。

森人たちは自分たちのものだと言い張ったのだが、そもそもどこにあるかも分かっていなかったものを自分たちのものだと言い張るのは無理筋というもの。

ペイスは、誰憚ることなく自分が発見したものだと所有権を主張し、森人たちもしぶしぶそれを認めた。

手に入ったのが伝説のお宝。これはもう、空から金貨が降ってくるより珍しい。

「それで、結局プローホルは掛け金を総どりですよ。馬鹿なことに賭けやがったと盛り上がっていたこともあって、ちょっとしたひと財産ぐらいは稼いでましたね」

賭け事は、自分と違う目に賭ける相手が居てこそだ。

自分が当たっても、同じように当たった連中ばかりなら取り分は知れている。

馬鹿な若者が、あり得ないことに結構な金額を賭けた。胴元がモルテールン家でとりっぱぐれもない。だったら、自分が勝った時の取り分を増やすために、もうちょっとばかし賭け金を積んでおこう。

などと考える船員が大勢いたことが、プローホルにとっては幸運だった。

塵も積もれば山となる。何十人もの船員が、こぞって銀貨を積み増せば、賭け金の総額は、遊びとして見るには危険なほどに膨れ上がっていた。

「なるほど、承知した。どこから金が湧いたのかと思ったが、そういう経緯だったのだな」

「はい」

結論としてみるなら、プローホルの稼ぎは大穴を当てた博打の結果である。

万馬券大当たり、ジャックポットの大フィーバー、宝くじ一等当選のようなもの。

疚《やま》しいことは一切ないが、珍しいこともまた事実。

驚きと共に、博打の才能というものの存在を感じる話だ。

「領地の為になることを私費を投じても行おうというのは見事な心掛けだ」

「はい」

「しかし、領主としては部下の私財を当てにして領地の経営を行うなど、愚策であろう」

「同感です」

図書館を作るというプローホルの意見は、実に素晴らしいとペイスは褒めちぎった。

知識の集積場として、また将来への投資として、図書館を作るというのは非常に面白い。モルテールン家としても、モルテールン領の領主としても、ぜひとも進めるべき施策だろう。

ならば、プローホルの私費ではなく、モルテールンの公費を使うべき。

ペイスは、そう決定した。

図書館を作ること自体はカセロールにも反対はない。金ならまだ大量に貯金がある。

「要点は理解した。しかし、箱を作るのは簡単だが、中身をどうする?」

「そうですね。図書館を建てても、本が集まらないなら本末転倒です」

「ああ、そのとおりだ」

建物を建てることは特に問題なくできるだろう。

モルテールン領に確保してある公有地はまだたくさんあるし、必要があれば領主の権限で目ぼしい建物を移動させればいいのだから。

しかし、図書館に大切なのは建物でなく収蔵された書籍である。一から本を集めて回るのも、かなり大変そうだ。

「そこで、王都の目ぼしい貴族を回り、写本を行いたいのです」

「ほう」

ペイスは、今日父親に相談したかったのは、この要件だ。

神王国において本が一番多くあるのは、王都である。

貴族や大商会が、それぞれに自分たちで所有している書物があるはずだ。

それを、一冊づつ写本していけば、図書館に収蔵する本も集まるのではないか。ペイスはそう考えた。

「僕の魔法は【転写】です。写本をするのにはもってこいの魔法です」

「うむ、それはそうだが」

ペイスは、今王都では有名人だ。

大龍を倒したとして称号も貰っているし、魔法使いというのも広く知られている。

ならば、ペイスの魔法の表向きの使い方として、本を写本して回るのは妙手ではないだろうか。

一冊一冊手書きで写せば何日もかかるだろう写本も、魔法を使えば数分で終わる。

ペイスの提案は、前向きに考えてもいい要素は多い。カセロールは息子の提案を受け入れてやりたいと思った。

しかし、問題もある。

「かといって、何日も写本の為にお前に領地を空けられても困る」

「はい。そこで、父様にお願いがありまして」

ペイスが王都に滞在し、本を持っているところに出向いていき、写本して回る。

貴族だけに用件だけさっさと済まして、はいさようならとはいかない。

社交として、挨拶もするだろうし、お茶の一杯も頂くことになるだろうし、世間話もするだろうし、お土産も持って行かねばならない。勿論、土産の準備も訪問先ごとに色々と考えねばなるまい。

図書館を作れるだけの本を写本して回るのに、どれだけの時間を取られるか。

ただでさえサーディル諸島への外交の為に領地を空けていたのだ。ここでまた長期間領地を空けるのは望ましくない。

だが、ペイスはそれも踏まえて父に提案する。

「王都内に存在する書籍について、〝レンタル〟をお願いできないか、交渉してほしいのです」

「レンタル？」

「一時的に期間を決めて借り受け、対価を支払うことです」

「ふむ」

ペイスが先方に出向くのではなく、対価を払って一定期間〝借りだす〟ことができないか。

息子の提案に、なるほどと頷く子爵。

「早速やってみよう」

結論が決まると動き出すのも早いのがモルテールン家。

早速とばかりに、カセロールはレンタルの依頼の手紙を書き始めるのだった。

◇◇◇◇◇

「ふむ、なかなか壮観な眺めですね」

ペイスの目の前には、詰みあがった本の数々。

まともに買えば金貨が何十万枚とかかるであろう大量の本が、ずずんと幾つもの山を形成していた。

プローホルやシイツといった関係者も、その山の前で百面相をしている。

「自分の話から、ここまでおおごとになるのは、正直精神的に負担が大きいのですが……」

「ストレスになるようなら、良いことを教えてやろうか？」

ザースデンの領主館の一室に何百と並んだ本の前。

自分がうっかり図書館などと言い出したばかりに集まった。集まってしまった本に、胃が痛くなりそうなプローホル。

そして、そんな若者に同情心を向けるのは従士長だ。

ペイスが突拍子もないことを突然やらかしてしまうことは今に始まったことではない。

何なら、年に数回はトラブルを起こしている。

大龍騒動のオークションの際に、馬鹿みたいに稼いだ大金。

それを使って王都の経済を回してきたというのだから、善行であるとのたまう悪ガキに対し、従士長は既にあきらめの境地にあった。

「良いこと？」

「こう考えるんだよ。『坊がやらかすのはいつものこと』ってな」

「……それ、余計にストレスってのになりませんか？」

「いつもどおりやらかしてるんだから、いつもどおり、何とかなるだろうって思え。取りあえず、主家に悪いようにはならん」

「はあ。難しそうですが、そう思うことにします。そうですね、取りあえず悪いことではないですよね」

「そうそう。心に棚を作ってな。取りあえずそこに置いとくんだ。問題が起きたら、その時に考えるってな」

ペイスに対して、トラブルを起こしまくることには言いたいこともあるが、結果としてモルテールン家を盛り立ててきた実績もある。

面倒ごとと厄介ごとをセットにして、お得なおまけを持ってくる迷惑極まりない営業マンがペイスなのだ。

いちいちまともに受け取るほうがストレスになると、シイツは処世術を後輩に伝授していた。

「それで坊、こんな大量に本を持ってきて、どうしようってんです？」

カセロールとペイスの会話を報告されていないシイツとしては、いきなり大量の本が届いたという結果だけある。

どういうつもりかと問いただすのは、職務の一環だろう。

「それは勿論、プローホルの提案どおり。図書館を作るんですよ。本があってこその図書館でしょう？」

「図書館ねえ」

ペイスに曰く、領民の知識水準を向上させ、知識の集積を図るというのが図書館建設の目的だそうだ。

シイツも、本を揃えてある施設を自由に使えるなら、領民も賢くなりそうなことは理解できた。

しかし、だからといってこの量を一度に持って帰ってくるのは規格外である。

「図書館を作るってなあ分かりましたが、よくこれだけ集めましたね。一冊も同じ本はねえんでしょう？」

「多分？　それぞれの貴族家で持っていた本を手当たり次第に借りてきましたから、ダブりもあるかもしれません」

金を払って本をレンタルするというのは、面白い試みであった。各貴族家としても、家に置いているだけなら金にもならないものが、貸し出すことでそこその収入を生むということで快くレンタルに応じてくれたのだ。

それを一端カセロールが王都で取りまとめ、集めた結果が何百冊もの本の山という訳だ。

「被ってるものはどうするんで？」

「別にダブっていても、予備として置いておけばいいじゃないですか。大量の本を整理するなら、予備があるのは良いことです」

「そんなもんですかね？」

「同じ本でも、意味はあるんですよ。手書きなら猶更」

「そんなもんですかねえ」

図書館などというものを知らないシイツからすれば、ペイスの言うことを否定する材料もない。

大量の本が無駄にならないというのなら、それはそれで意味があるのだろう。

「じゃあ、写本を始めますね」

パパッと魔法を使うペイス。

用意していた羊皮紙の束に、次から次へと文字や絵が【転写】されていく。

シイツやプローホルは、一瞬でコピーされていく羊皮紙を本一冊分で纏めて、雑に括って本の形にしていく。

本というより書類の束のようなものだが、細かい装丁などは後で幾らでもできる。

やがて、大量にあった本は全て写本にされる。

原本のほうは、すぐにペイスが王都に運んだ。

貴重品なので、何もないようにさっさと返却する為である。

カセロールの仕事が無駄に増えている気もするが、それはそれ。

ペイスが戻ってきたときには、紙の束がそれっぽく本らしきものになって積み上げられていた。

「それでは諸君、早速仕分けといきましょう」

今ある大量の本は、貴族家から持ってきた本の写本。

貴族としても、本を購入するのは必要に迫られてであることが多い。趣味で本を集めるような奇特な人間は神王国には居ない。居ても一人か二人だろう。

大体が、何がしかの知識を得るために、専門家が纏めたものを買う。

高級品であるため、何代も本は受け継がれていき、最終的には単なる財産と見られることにもなる。

溜めておくのに意味がある訳で、結果として雑多に集められがち。先祖が大事にしていたコレクションというなら、管理はしっかりしたとしても、整理までは覚束ないことが普通だ。

ペイスたちが大量の本で最初にやること。

それは、整理整頓である。

まずは、日記の類と学術書と物語のそれぞれに分けていく。種類として括るのに、その三つに分けるのが適当だからだ。

日記というのは、記録という意味合いも大きい。貴族家として、代々伝えていくべき知識というものが書かれていることも多い。行事についての細かい内容であったり、その時に気になった点や注意事項などを備忘録的に日記に書く貴族が居たり、或いは領内の揉め事について裁定した結果とその理由を、揉め事があるたびに書いているものがあったり。

日記といっても、貴族が書いたものについては知識として価値が高いものも含まれる。

勿論、毎日の下らない出来事や、妻への惚気《のろけ》のような内容が書かれていたりもする為、価値のある情報を探すのに一苦労するものが日記だ。

対し、学術書は専門家が専門知識をまとめたものになる。

王立研究所の論文を集めた論文集であったり、研究者が個人で行っていた研究の結果を纏めたり、或いはスポンサーがついていた研究が途中で打ち切りになった際に、その時点までで分かっていたことを書きつけていたり。

知識という面では、日記よりも遥かに役に立つ。

しかし、内容が専門的であるがゆえに、内容を読み下すのに前提となる知識が要る。簡単に内容を理解できないという点で、これまた一苦労するだろう。

日記でも学術書でもない、物語も写本の中にはあった。

子供に読み聞かせる道徳的寓話であったり、この国の騎士たちが活躍した時代を抒情的に描いた叙事詩であったり、内容は色々だ。

これはこれで、書かれた時代の文化や風習が読み取れることも多いし、何より単純に読み物としても面白い。

だが、ストーリーのあるものは、最初から順番に追っていかねば訳が分からなくなるという点で、整理するのに時間がかかる。図書館的にも一苦労だ。

どれにしたところで、内容を把握せねば整理もできない。そして、軽く把握するだけでもそれなりに時間がかかる。

ぱっとペイスが手に取った本は、がっつり高級な装飾で誂《あつら》えられた分厚い本。だったものの写本。

「植物図鑑ですか」

「そのようです」

ぱらぱらと内容を流し見てみれば、植物の挿絵やスケッチと共に、説明書きの書いてある植物図鑑のようであった。

有用な植物の知識というのは、本としてまとめるに値する知識なのだろう。

ざっと本を見回すと、同じような植物図鑑が何冊か出てきた。

流し読みしてみると、同じような植物図鑑であるし、何なら同じ本を写本したであろうものもあったのだが、全く同じと言い切れるものはなかった。同じに見えても、細かい所を見ればかなり書いてあることも違う。

「内容を、それぞれ比較検討して、ヴァージョン管理をしないといけませんね」

「ヴァージョン管理？」

「同じ本でも、内容が版を重ねるごとに変わっています。写本の写本の写本までいくと、挿絵も劣化も著しい」

「そうですね」

本を写す時、文字を写すのはそれなりに劣化も少なく写せる。多少汚い字で写そうと、読めるなら内容に違いはないからだ。

しかし、挿絵のほうはそうはいかない。

写本を行った人間の絵心によって、上手い下手ははっきりと出る。

更に、下手が描いた絵を更に写したような本は、字面の内容は誤字程度なのに、絵の劣化は著しいものになっている。

葉の数や花弁の数が同じであればまだマシ。まるきり別物になってしまっている絵もあった。

「できる限り正確なものを、我々が整備するべきです。こうして集めたことで、思った以上にそれぞれの差異が大きいと分かりましたから」

「むむむ」

植物図鑑一つとってもこれだ。

他の本も、推して知るべしだろう。

写本を重ねがちな専門書なら、尚更版ごとに差異は積み重なっているはず。

正解といえるものを、モルテールンが整備するべきかもしれないと、ペイスは言う。

「今後も引き続いて情報の更新が必要でしょうね。専門家による監修も入れないと」

「そこまでする価値がありますか？」

「さぁ？」

プローホルの問いに、軽く疑問調で返すペイス。

「え？　価値があるからやるんじゃないんですか？」

「正確な情報の蓄積というのは、何よりの財産です。しかし同時に、それだけで富を生むものでもない。どう活かすか、どう活きてくるかは、将来の話ですからね。未来のことが見える人間など、いませんよ」

「なるほど」

知識とは、まず蓄積することに意味がある。

世の中には、ゼロから一を生み出す人間と、一を二や三にする人間と、二を十や百にする人間と、色々いるのだ。

ならば、ゼロを一にした知識というのは、いずれ誰かが百にまで育ててくれる。

ニュートンが万有引力の法則を発見してから何百年も経って、人工衛星の軌道計算に役立つようなものが知識。

今の知識が、将来どんな役に立つかなど、ペイスでも分かるはずがないもの。

集めている情報に価値があるのかと聞かれたら、分からないと答えるしかない。

集める行為そのものに価値があると断言できても、集めているものが役立つかどうかは、神のみぞ知る。

「そういやプローホルも、なんでまた図書館なんて作ろうと思ったんだ？」

シイツの疑問に、若者は少し考え込んで答える。

「学生の時に同期が本で儲《もう》け……じゃない、便利に利用していましたから。真似事でもできればと。本を集めるなら、図書館があったほうがはったりになると思って」

「ほう」

プローホルの学生時代、最後の一年間。

ペイスが徹底的に磨き上げた授業の内容は、今でも伝説である。

先進的かつ実用的な知識や、どこまでも効率を考えられた訓練内容など。講師陣も目から鱗《うろこ》が落ちまくりだったのは公然と語られる話。

しかし、最初は劣等生ばかりを押しつけられたこともあって見向きもされていなかったのだ。どうせ子供のやることに、大した講義でもないだろうと。

ところが時間がたつにつれ内容の素晴らしさが噂となり、自分もペイスの講義を受けたいという人間が増えた。

最初から講義を受けていたのは、数人だけ。更に、紙が希少な中で全てを記録していたのは一人だけだ。

同期がそれぞれ記録していたものを整理し、更にはまとめて本のようにし、売りさばいた要領のいい人間。それが、プローホルの同期に居たのだ。

これをプローホルは参考にして、自分も本を集めて、或いは書いてみようと思っていた。それが売れることを知っていたから。要は、博打で儲けた金を新しい商売に突っ込んでみようと思っていたのだ。

博打の金を更なる博打に。プローホルも中々のギャンブラーである。

「それなら、ここに集まった写本で良いものがあれば、買い取りますか？」

「良いんですか？」

話を聞いていたペイスが、プローホルに提案をする。

ペイス的には大した労力でもない魔法による写本。何冊か、適正価格で売ってもいいという提案だ。

「図書館建設費用が浮いたなら、その分で本を買えばいいでしょう。王都の上級貴族でも、こんなに本を集めた上で選んで買うなど、できないことです。いい経験でしょう」

「それならぜひ。あまり大金を持っていると噂されても良いことないんで。使ったと分かるようにしとかないと」

若い独身男性が大金を持っているというのは、今のご時世では危なっかしくて仕方ない。

ただでさえスパイ天国のモルテールン領では、スパイがいつ強硬手段を取り始めるか分かったものではないのだ。

「使うお金があるというのは、良いことですね」

「あぶく銭《ぜに》ですよ。こういうのは、すぐに使っておかないと」

「それは確かに」

プローホルの言葉に、ペイスも、そしてシイツも、深く頷く。

大金を持ってるとろくなことがないのは、彼らも経験則で知っているのだ。

「ところで、本が集まったら図書館を作るんですよね？」

「ええ」

プローホルの問いに、力強く頷くペイス。

「世界一の、大図書館を作るとしましょうか」

目標はどこまでも大きく。

折角ならば、この国で、いや世界で一番の図書館を作ってみせよう。

ペイスの目には、大きな未来が映っていた。

あとがき

はじめに、この本を手に取っていただいた読者の皆さんに感謝申し上げます。ありがとうございます。

また、この本を出すにあたってご助力頂いた関係者各位に対し、お礼申し上げます。

皆さんのおかげで、こうして二十六巻の刊行に至りました。


早いもので、令和も6年目、西暦2024年を迎えて、このあとがきを書いています。


最近のわたくし事のニュースといえば、熱が出て寝込んでいたことでしょうか。

正月に帰省した訳ですが、驚いたのは電車の中でも過半数がマスクをしていないこと。

多分、誰かに移されたんじゃないかなあと思いつつ、快復まで二週間ぐらいかかりました。

まあ、その間はまともに思考もできずに筆が全然動かなかった。

やはり、健康あっての創作だと実感した次第です。


さて、今回のお話。

貴族もののお話には付き物の、女の戦いです。

大体こういうお話を書くとなると、後宮もののテンプレみたいなものが出てくるわけでして。

そこにどうペイスが絡むかというのに、頭を悩ませた訳です。

絶対に譲れないものがあるが、それを手に入れる為には相手を蹴落とさねばならない。

なまじ権力と影響力のある女性同士であれば、お互いに引くことはない訳で。

あわや内戦かと言わんばかりに反目し合ったところで、ペイスが斜め上の解決策を持ってくる。

まあ、いつものことです。あのお菓子狂いは、まともとか常識という言葉からかけ離れてるので。


楽しんでもらえたなら嬉しいのですが、どう思ったか。

感想等々お寄せいただければありがたいです。


さて、魔法についての謎が一つ解明されたことで、ちょっとばかり取り合いの起きるものを作り出してしまったモルテールン家。

隠しておくにも、ものが既に広まりつつある。

周辺諸外国もきな臭い中、争いの火種に油を撒いたようなものです。

ことが起きるなら、渦中のモルテールン家も巻き込まれるでしょう。

さて、今後どうなるか。

引き続き、おかしな転生を楽しんでいただければ幸いです。

令和六年一月吉日　古流望　拝

巻末おまけ試し読み！

おかしな転生

コミカライズ

第51話

原作：古流 望
漫画：飯田せりこ
キャラクター原案：珠梨やすゆき
脚本：富沢みどり

TREAT OF REINCARNATION

レーテシュ伯の結婚式典当日――
ふむ天気も上々
いい門出の日になりそうだな
そうですね！

なんてご立派な…
奥方様キレイだな〜
こうして並ばれると絵のようだ
おー〜〜

さてと…今回俺は留守番役ですかい
すまんなシイツ
姉様お似合いですよ
僕のと意匠をそろえているのですね
そうよ仕入れの手間が省けて早く作れるって言われたから
せっかくだしおそろいにしたの
あたしよりまずリコちゃんのことを褒めなさいよ
こんなにかわいくしてるのに

え
えっと
とても
似合ってますし
かわいいですよ
あ ありがとう
ございます
ペイスさんも
素敵です…
姉様は
平気なのに
リコには
なんだか
照れちゃうな
カセロール
ちょっと
勲章が
曲がってるわ
結婚式典には
厳しい
ドレスコードがあり
正式の典礼服で
なければいけない

前ボタンの数も位階によって決められこれに肩掛け布や勲章を付ける
今回ほとんどの従士が護衛役として同行するため準備の苦労も並じゃなかった
それだけ最重要のイベントだ！
ではみんなあとは頼んだ

かっけ〜〜〜!!
やっぱり うちの領主様は 国一番だな!
オオオ…

ヒュッ
パカッ
へえー！
ここがレーテシュバルなの
大きいわね〜〜〜!!

海賊城だなんて
呼ばれてるくらいだから
もっと怖い雰囲気を
想像していたけど
綺麗《きれい》な街
じゃない？
海賊城と呼ばれる理由は
南部の海を制するほどの
実力を持つからなのよ
へぇ〜
ペイスさんも
美しくて好きな街だと
言っていました
本当ね〜
姉様
身を乗り出すと
危ないぞ ジョゼ

大人しくしてなさい
あっ!
ビビ姉様!!
ジョゼ!!元気そうね
姉様もお久しぶり!

わあ
もう歩いているの？
早いわねぇ！
そうよ
もうイタズラばかりで
大変
お久しぶりです
ビビ姉様
ペイス
今回は色々と
お世話になったわ
こそっ
うちの旦那からだと
言い辛いだろうから
私からお礼を
言っておくわね
ハースキヴィ騎士爵は
絵に描いたような
弱小貴族

当然 諸領に情報網を
張り巡らせるような
真似はできないし
頻繁に社交の場に
顔を出すこともない
それだけに 大抵の情報は
遅れて届き 何かにつけて
後手に回ることも多い家だ
大したことでは
ありません
姉様と
義兄様のため
ですから
ペイスは
気を回して
情報をリークし
余った布を
仕入れ値で
譲ったりもした
ホントに
助かったわ
そしてなんとか
格好をつけて
今日を迎えることが
できたのだ…

私の力不足で妻や子に恥をかかせるわけにはいかないからな
モルテールン卿には感謝しかない…
義兄上
ペイス
それでは母様とジョゼ姉様のこと頼みます
うむ 任せてほしい
代わりにハースキヴィ卿は今日の女性陣の護衛を託《たく》されていたのだ
持ちつ持たれつとはいえ重要任務…
流石《さすが》したたかだなモルテールン卿は

では行きましょうか！
モルテールン家の従士一同とハースキヴィ家の従士一同が護衛しつつレーテシュバル城に向かう
弱小貴族である二家といえどこれだけの集団となればそれなりの力を持つ家だと見せかけることもできるだろう
私たちも行くぞペイス！
はい父様！

その後のふたりは
大忙しだった
まず 国王夫妻を
レーテシュバルまで
運び
カドレチェク
公爵夫妻や

ジーベルト侯爵夫妻や
フバーレク辺境伯名代
エンツェンスベルガー辺境伯名代
ボンビーノ子爵などの人物たちを次々と転移させていったのである

ずらーっ
ぜー…
はー…
ぜー…
はー…
そして全員を会場に運び終えた…
父様もう帰っていいですか？
バカを言うな
これからが本番だ

その頃
モルテールン一行は
粛々《しゅくしゅく》と行進し
城門の中へ入った
ようこそお越しくださいました!!
これより会場までご案内いたします

控室
ここで呼ばれるのを待つのね
あらっ噂をすれば…
フラ～～
ペイスたちまだかしら…
どうも遅くなりまして…
あなたペイスちゃん髪がボサボサよ早く直して
ははは…
もうヘトヘトに疲れましたよ
それは私とて同じだ
しかし帰すまでが我々の仕事だ今日は夜中まで働き通しだろうな
うわぁ

それ
もう始まった
国王夫妻を先頭に
一組ずつ席へと
案内されてゆく
モルテールン卿
お席へどうぞ
行くか
はい

原作小説
必ず僕が
おかしな
転生
XXVII
著
古流 望
NOZOMU KORYU
イラスト
珠梨やすゆき
YASUYUKI SYURI
2024年秋発売予定！

戦争の勃発 そして
ジョゼに一大事が――!?
守ります!
甘くて激しい
王道ファンタジー
第27巻!

リーズ累計160万部突破！（紙＋電子）

TO JUNIOR-BUNKO

イラスト：kaworu

TOジュニア文庫第5巻
好評発売中！

NOVELS

イラスト：珠梨やすゆき

原作小説第27巻
2024年秋発売！

COMICS

漫画：飯田せりこ

コミックス第11巻
好評発売中！

SPIN-OFF

漫画：桐井

スピンオフ漫画第1巻
「おかしな転生～リコリス・ダイアリー～」
好評発売中！

※2024年4月現在

甘く激しい「おかしな転生」

TV ANIME

Blu-ray&DVD BOX
好評発売中!

CAST
ペイストリー：村瀬 歩
マルカルロ：藤原夏海
ルミニート：内田真礼
リコリス：本渡 楓
カセロール：土田 大
ジョゼフィーネ：大久保瑠美
シイツ：若林 佑
アニエス：生天目仁美
ペトラ：奥野香耶
スクヮーレ：加藤 渉
レーテシュ伯：日笠陽子

STAFF
原作：古流望「おかしな転生」（TOブックス刊）
原作イラスト：珠梨やすゆき
監督：葛谷直行
シリーズ構成・脚本：広田光毅
キャラクターデザイン：宮川知子
音楽：中村 博
OPテーマ：sana(sajou no hana)「Brand new day」
EDテーマ：YuNi「風味絶佳」
アニメーション制作：SynergySP
アニメーション制作協力：スタジオコメット

アニメ公式HPにて新情報続々公開中!
https://okashinatensei-pr.com/

GOODS

おかしな転生
和三盆

古流望先生完全監修!
書き下ろしSS付き!

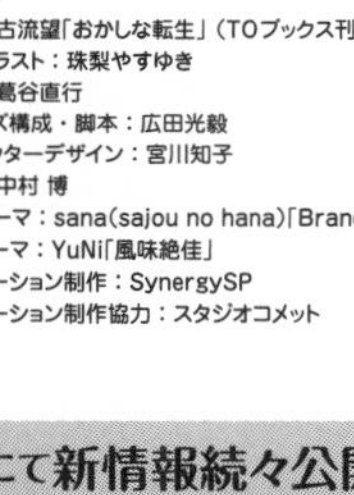

大好評発売中!

STAGE

舞台
「おかしな転生」
DVD
第①～②巻

好評発売中!

GAME

TVアニメ
「おかしな転生」が
G123で
ブラウザゲーム化

▲ゲーム開始はこちら

好評配信中!

DRAMA CD

おかしな
転生
ドラマCD
第①～②巻

好評
発売中!

詳しくは公式HPへ!

（第26巻）
おかしな転生XXVI
オランジェットは騒乱の香り

2024年5月1日　第1刷発行

著　者　**古流 望**

発行者　**本田武市**

発行所　**TOブックス**
〒150-0002
東京都渋谷区渋谷三丁目1番1号　PMO渋谷Ⅱ　11階
TEL 0120-933-772（営業フリーダイヤル）
FAX 050-3156-0508

印刷・製本　中央精版印刷株式会社

ISBN978-4-86794-158-4

Printed in Japan